Martine POUCHAIN

Sako

oskar
éditeur

Chapitre 1
SAKO

Depuis que nous avons quitté le pays de nos ancêtres, Mousso Koroni* met des bâtons dans nos roues et transforme toutes nos batailles en causes perdues.

— Mais non, me dit ma mère. On va s'appliquer, tu vas voir. Tu vas voir, je te le dis, moi, qu'elle finira par se lasser.

Preuve qu'elle y croit que Mousso Koroni est responsable de ce qui nous arrive.

Pourtant, ça fait déjà un bon moment qu'on s'applique et qu'on fait notre possible, mais on n'a le temps de s'habituer à rien. Il faut déménager encore et encore. Hier ici, aujourd'hui là ; demain, on ne sait pas où. Pire que les Touaregs. Je n'aurais jamais cru que ce serait comme ça, la France. Personne ne le croyait, là-bas.

Que ce serait dur, oui.

— C'est parce qu'on n'a pas de papiers. Quand on en aura, ce sera la belle vie, tu verras.

Ma mère avait décidé d'avoir réponse à tout, pour ne pas m'inquiéter, pour ne pas m'avouer, ni s'avouer à elle-même, jamais, qu'on aurait mieux fait de ne pas partir.

Les papiers, admettons que ce sera mieux quand on en aura. Mais il n'y a rien de plus compliqué à obtenir. Il faut avoir des antécédents, un pépé français par exemple. Non, on ne dit pas antécédent je crois, on dit... Zut, je ne me rappelle pas. Comment j'ai pu l'oublier ? Enfin, il faut être là depuis longtemps, ou bien avoir un pépé qui a servi la France utilement. En faisant la guerre par exemple. Nous, notre pépé, on l'a laissé là-bas, il n'a pas voulu venir. Il nous a dit :

— Allez-y, moi je suis trop vieux, je reste ici.

Il avait peur de ne pas pouvoir revenir se coucher à côté de ses ancêtres.

Alors ma mère a décidé qu'on irait sans

lui et sans les autres qui habitaient avec nous à Bamako et qui ne voulaient pas partir non plus parce qu'ils avaient peur. Ma mère, rien ne lui fait peur, et jamais elle ne s'arrête de croire à quelque chose quand elle a commencé.

— Là-bas, on vivra comme des reines et je pourrai envoyer de l'argent à toute la famille.

Comme des reines, elle en était certaine, elle y croyait dur comme pierre, et moi je lui faisais confiance parce qu'elle avait toujours des tas d'idées formidables pour nous tirer des mauvaises blagues de Mousso Koroni.

— Les Français, ils n'ont jamais vu une femme comme elle. On a un bel avenir là-bas, c'est sûr.

Je me trompais.

La France est un pays où tout coûte cher, même manger, et où personne n'offre l'hospitalité, comme en Afrique, à quelqu'un qui s'arrête fatigué après un long voyage. On a vite constaté que les choses n'étaient pas aussi simples qu'on se les était imaginées.

— Vous ne pouvez pas travailler si vous n'avez pas de papiers, a dit la mairie.

— Alors donnez-moi des papiers, a répondu ma mère.

On lui a dit que ce n'était pas comme ça que ça marchait, qu'elle aurait des papiers quand elle aurait travaillé plusieurs années pour la France, mais que pour l'instant, elle ne pouvait pas travailler puisqu'elle n'avait pas de papiers.

— Les Français sont fous, a conclu ma mère après cette première entrevue avec l'administration française.

Mais elle n'était pas vaincue.

Quand la voiture nous a déposées devant le camping, je dormais.

Je me suis réveillée un peu en arrivant. Juste assez pour entendre le conducteur dire à ma mère qu'il passerait voir de temps en temps si tout allait bien, qu'il allait s'occuper de m'inscrire à l'école, et que pour la rentrée en septembre, il allait nous trouver un endroit plus sûr.

L'école, c'est dangereux aussi, il faut toujours être sur ses gardes. Parfois, on vient vous attendre à la sortie et hop, direction l'aéroport et retour à la case départ. C'est comme un enlèvement.

— Ici, en principe, vous serez tranquilles

un moment. Les fonctionnaires sont en vacances, la moitié en juillet, l'autre en août, du coup, tout est ralenti. Les bonnes choses comme les mauvaises.

Il faisait nuit. Il nous a ouvert la caravane. J'étais si fatiguée que je me suis enroulée dans le duvet qu'il nous avait laissé et je me suis rendormie presque tout de suite.

C'est seulement le matin que j'ai vu qu'on était au paradis.

Chapitre 2
MADO

Tiens, un coquelicot. Je ne comprends pas pourquoi les gens appellent ça une mauvaise herbe. Une mauvaise herbe, c'est juste une herbe qui pousse là où elle ne devrait pas. Moi, ça ne me gêne pas. C'est délicat, un coquelicot. Tout chiffonné et tout pâle quand il sort de sa gangue, tout lisse et vermillon une heure après. Et puis il a fait l'effort de pousser là tout seul, c'est presque comme une visite. Personne d'autre ne viendra me voir de toute façon. Je pourrais être morte, ça changerait quoi ?

Bon, un moineau maintenant. Rien d'autre n'arrive plus dans ma vie désormais, que les coquelicots et les moineaux. Il est bien hardi, celui-là, de venir picorer si près.

Peut-être qu'il ne m'a pas vue ? Peut-être pas. Les humains eux, ne me voient plus depuis longtemps. Leur regard glisse, agacé presque que j'ose traverser leur paysage. Autant rester chez moi.

Tiens, en voilà un autre. Ils picorent les miettes que j'ai jetées tout à l'heure. La vie ne doit pas être facile pour eux. Surtout quand il pleut. Quand il neige. Je me demande bien où ils nichent l'hiver. Les pauvres n'ont que leurs petites plumes pour se protéger du froid. Combien de temps ça vit, un moineau ? Je me le suis toujours demandé. Les grillons aussi. Je voulais en apprivoiser un.

Peut-être que je mourrai sans le savoir. Je me demande pourquoi on n'apprend pas ces choses à l'école. J'avais dix ans quand j'ai posé la question à mon père, je me souviens encore de sa réponse.

— Parce que ce n'est pas utile de le savoir.

C'est vrai. Ce n'est pas utile. Ce qui est utile, c'est d'apprendre à faire des multiplications, à tracer des cercles et des triangles, c'est d'apprendre où se trouvent le Canada et l'Afrique, et les dates des victoires de Napoléon.

Ce qui est utile, c'est d'apprendre tout ça par cœur. Après on l'oublie et au bout du compte, on meurt sans avoir jamais rien su du moineau ni du grillon.

Si on m'avait dit combien de temps vit un grillon, je ne l'aurais pas oublié.

Ils font encore du feu à côté. Comme s'ils ne pouvaient pas cuire les choses comme tout le monde. Ils doivent bien avoir ce qu'il faut dans leur caravane pour cuire les choses comme tout le monde. On se croirait, on se croirait, je ne sais pas moi, dans la brousse, il faut bien dire le mot. Un jour, il y aura un incendie et je serai aux premières loges.

Tant pis. Patrice n'héritera pas, tant pis pour lui. Je ne sais pas ce qu'ils ont dans la tête à la mairie. Ils feraient mieux de mettre les grillons et les moineaux au programme au lieu d'installer ces caravanes pourries.

Comme s'ils ne pouvaient pas les mettre ailleurs. Mais bien sûr, ils en profitent parce qu'il n'y a que des vieux ici, ou des pauvres qui ne peuvent pas se défendre. Il n'empêche qu'un jour, il y aura du grabuge.

Il y a encore des nouveaux depuis hier.

Une gosse et sa mère, je crois. Je n'ai rien contre les étrangers, mais enfin. Ceux-là ne travaillent même pas. Tout juste s'ils baragouinent trois mots de français. Et qui se souciera de moi s'il y a du grabuge, hein ? Ils sont au moins... je ne sais pas combien. Dix, douze, je ne sais pas. Ils me font peur. D'où est-ce qu'ils viennent ? Je ne sais pas. Ils viennent de je ne sais où, du bout du monde, on n'a pas idée. Ils ne sont pas comme nous. Dieu sait ce qu'ils fabriquent dans leur caravane toute la journée.

Ils pourraient me tuer.

Mais tout le monde s'en fout.

Il y a trop d'herbe dans ce jardin, trop haute, je n'en viendrai plus à bout, je n'ai plus la force. Plus de goût à rien. Qu'est-ce que ça peut faire ?

Un escargot maintenant. Je pourrais l'écraser. Il ne l'aurait pas volé, il a boulotté toutes les feuilles du rosier. Toutes, il n'en a pas laissé une seule. Je crois bien que c'est lui, c'est sûrement lui. Qui d'autre ? Je l'écraserai peut-être demain. J'écrase certainement des tas d'insectes tous les jours sans le savoir. Rien qu'en marchant, rien qu'en fermant la porte, en passant l'aspirateur.

Des araignées, des moucherons, des chenilles, des Dieu-sait-quoi. Je suis comme une sorte de géant pour eux, comme un dieu, ou... Bon, je les écrabouille, d'accord. Mais je les écrabouille sans le faire exprès, sans méchanceté, je ne m'en rends même pas compte. Il faut bien que je marche. C'est pareil pour les hommes. Ils sont comme des moucherons que Dieu écrabouille quand il marche. Il ne le fait pas exprès. Il s'en fiche.

Chapitre 3
SAKO

Il y a des oiseaux ici, des écureuils même, j'en ai vu un. Et puis c'est vert, il y a plein d'arbres.

C'est un terrain de camping qui ne sert plus depuis longtemps. Il y a deux robinets d'eau froide qui marchent et une douche, froide aussi. On a une caravane rien que pour nous, avec deux casseroles et des couverts et un grand saladier. J'aimerais bien rester là, mais il doit faire froid l'hiver. L'année dernière on était dans un préfabriqué sans chauffage et il a neigé pendant une semaine. J'ai eu si froid. J'aimerais bien avoir des amis.

Il y a des Algériens à côté, mais leurs enfants sont trop petits. Dans l'autre caravane, il y a seulement deux hommes, Jerzy et Androuj*, qui ne parlent pas le français. Ils viennent d'un pays d'Europe, je ne me rappelle plus lequel. Moi, je croyais que tout le monde parlait le français en Europe, mais non.

— On tient le bon bout, m'a dit ma mère. Je vais voir s'il y a du travail en ville. Toi, tu ne bouges pas de là. Il ne vaut mieux pas trop se faire voir. Continue d'apprendre avec le livre qu'on t'a donné et continue d'oublier tout le reste.

« Tout le reste », c'est le Mali.

Faut que j'oublie le bambara, que j'oublie le pépé, les oncles, les tantes, les cousins, que j'oublie le désert, et Kayes*, et Bamako. Parce que dans la circulaire pour les papiers, il est écrit que l'enfant « *ne doit pas avoir de lien avec le pays dont il a la nationalité* ».

Ma mère dit que les fonctionnaires qui ont inventé cette circulaire ont l'âme tordue et que si elle avait su à quel point leur âme était tordue, elle ne serait pas venue. Mais je ne crois pas qu'elle le pense vraiment. Je crois même qu'elle est fière d'être arrivée là.

— Mets le Mali au fond de ton cœur, tout au fond, et recouvre-le bien. Recouvre-le avec des mots français.

On doit pouvoir y arriver. Je vais essayer d'oublier Mousso Koroni pour commencer, en espérant qu'elle nous oublie un peu aussi.

Ce midi, les Algériens ont fait griller du poulet sur le feu qu'ils avaient allumé. Ça sentait bon.

Le poulet, en France, c'est pas très cher, mais c'est plus cher qu'en Afrique. Sur le marché de Bamako, le poulet français surgelé vaut trois fois moins que le poulet africain, même après son voyage en avion. Mon oncle s'arrachait les cheveux parce que plus personne ne lui achetait les siens.

Il me faisait envie, ce poulet. Moi, j'avais juste un reste de patate douce. Je l'ai mangé et je suis allée m'installer au bout du terrain, à califourchon sur la branche basse d'un arbre avec le livre de lecture pour les CM2 que le réseau Éducation sans frontières m'avait donné. Mais je l'ai déjà lu plusieurs fois, je le sais presque par cœur.

Alors je regarde les oiseaux, les fourmis et les abeilles, les papillons, je regarde la grande queue blanche d'un avion au tout profond du ciel, et d'un seul coup, je pense au Mali. Vite, je prends un peu de terre dans ma tête et je la mets sur mon souvenir, avec un peu de feuilles et d'herbe aussi, jusqu'à ce qu'on ne voie plus du tout mon Mali. Et puis je regarde la haie qui longe le camping à gauche.

Il y a une vieille de l'autre côté. Elle marche tout doucement dans l'allée de son jardin, comme si elle ne voulait pas écraser quelque chose. Je m'approche, et je vois qu'elle a l'air triste. J'ai envie de la consoler.

Chapitre 4
MADO

Encore un matin. J'ai rêvé que j'étais morte, couchée sur mon lit avec un pot de fleurs sur le ventre. Quelle idée ! Un pot de fleurs... Un géranium je crois. J'étais morte, et personne ne venait me voir. Je me suis réveillée et pas moyen de me rendormir. Le soleil pointait le bout de son nez derrière le noyer, alors je me suis levée.

Un thé me fera du bien. Voyons ce qui reste dans le réfrigérateur. J'ai encore un œuf et un reste de, de quoi ? Ah oui, des haricots, je me disais bien. Un petit bout de baguette. Bon, pas la peine que je sorte. Qu'est-ce que j'irais faire en ville ? Je ne connais plus personne. Il y a un nouveau boulanger. La fleuriste va bientôt prendre sa retraite, mais c'est une vieille chipie. Je ne l'ai jamais beaucoup aimée. Les fleurs maintenant, quand j'en vois, ça me fait penser au cimetière. Je préfère mon coquelicot. Pas la peine que je sorte, tant mieux, pas besoin de m'habiller. Je vais allumer un peu la télé, ça fait du bruit. C'est comme si on avait de la visite, sans le dérangement.

Non finalement je vais, oh ! C'est à ça que je ressemble ? Ça ne s'arrange pas, quelle horreur ! Heureusement que plus personne ne me regarde. Il faut que je me souvienne de ne plus m'arrêter devant ce miroir. Il faut absolument que je, voilà, je vais rester en robe de chambre, pas la peine que je me peigne non plus, ça fait des nœuds, ça m'énerve. Je vais aller boire mon thé dans le jardin.

Il a un drôle de goût, ce thé. Il est peut-être périmé. Ou bien c'est l'eau. C'est toutes les saloperies qu'ils mettent dedans pour la nettoyer. Qu'est-ce que ça serait d'autre ? Il paraît qu'il y a des antibiotiques dedans, des contraceptifs, toutes sortes de saletés, pouh !

Le ciel est d'un bleu aujourd'hui ! Trop bleu pour moi, merci bien, je préfère les nuages, c'est plus distrayant.

Les moineaux ne viendront pas de toute façon, je n'ai plus de pain, seulement un petit bout de baguette. Je le garde pour le manger avec mon œuf.

Oh ! le coquelicot est fané. C'est dommage. Ça ne vit pas longtemps, un coquelicot. Finalement, ce n'est pas plus mal. À quoi ça sert de vivre quatre-vingts ans si tout le monde vous a oublié ? Tiens, c'est vrai, je crois que c'est bientôt mon anniversaire. On est le combien ? Le 6, le 7 ? On était le 5 jeudi, on est quel jour aujourd'hui ? 6, 7, 8. Ah, c'est déjà passé ? Tant mieux. Qu'est-ce que ça change de toute façon ? Il y a longtemps que ça ne veut plus rien dire, un an de plus ou de moins.

Ah mais, on dirait que ça remue dans le campement d'à côté. Qu'est-ce qu'ils fabriquent encore ?

C'est la petite nouvelle. Au début, il y a eu les Arabes, voilà les Noirs maintenant. Peuh ! Drôlement mal élevée en plus ! Peut-être pas élevée du tout même. Ça ne se fait pas de regarder comme ça chez les gens. Ils pourraient bien apprendre les bonnes manières avant de venir quand même.

C'est drôle, on dirait que sa tête est posée sur la haie.

Comme elle est noire, et ces yeux ! Immenses. Et ses dents, elles sont si blanches.

Chapitre 5
SAKO

Je ne sais pas quoi faire. Je le connais par cœur ce livre et faut pas que je me promène. Qu'est-ce que je vais faire jusqu'à la rentrée des classes ? Dans deux mois ! Je connais personne ici, je n'ai pas d'amis.

Je ne sais pas quoi faire.

Avant, j'avais des copines, là-bas à Kayes.

Mamounata, je l'aimais bien, et puis Tina. L'école était loin, alors on y allait ensemble en se racontant des histoires de crocodiles pour avoir peur. Et le soir en rentrant, on s'arrêtait devant la maison du griot* pour l'écouter jouer de la koré. C'était bien. À Bamako aussi j'avais Ami et puis Diallo qui mendiait pour son maître et s'attardait toujours un peu pour nous raconter ce qu'il avait appris à l'école coranique. Je me souviens du jour où... zut ! Je n'ai pas le droit. Je le sais oui, je prends vite un peu de terre dans ma tête et hop ! jusqu'à ce qu'on ne voit plus du tout mon Mali. Mais il revient toujours, qu'est-ce que j'y peux moi ?

Il me faudrait un autre livre, voilà ce qu'il me faudrait. Sinon, qu'est-ce que je vais faire pendant deux mois ? C'est long deux mois sans Tina, sans Ami. Peut-être que je pourrais parler à cette vieille si je m'approchais ? Peut-être qu'elle a des livres qui ne lui servent plus ? Peut-être qu'elle connaît des histoires comme les griots de chez nous ? Des histoires de Blancs.

Ma mère ne veut pas que je m'éloigne, mais c'est juste à côté, pas besoin de m'éloigner.

Elle a l'air si seule cette vieille, si abandonnée.

Peut-être que tous ses enfants sont morts et ses petits-enfants aussi. Elle n'a même pas de chien. Tous les Français ont des chiens. Ils leur donnent à manger des petits plats cuisinés avec des vitamines pour chiens qu'on trouve dans les supermarchés. Ah ! je me souviens ! On ne dit pas antécédents, on dit, zut, j'ai encore oublié. Ça n'a pas d'importance.

Ouh, lala ! De près, elle est encore plus vieille que de loin. Elle a une peau toute blanche, toute ridée. C'est bizarre la peau des Blancs, on dirait de la peau de poulet. Peau de poulet, peau de poulet, peau de poulet ! C'est bon le poulet quand c'est cuit, mais quand c'est pas cuit...

On dirait qu'elle a peur de moi.

Son jardin alors, il est moche. C'est comme un souvenir de jardin. Il doit y avoir longtemps qu'elle ne s'en occupe plus. C'est de la bonne terre pourtant. On pourrait faire pousser des tas de choses dedans.

Qu'est-ce qu'elle veut faire avec sa binette ? Peut-être qu'elle veut faire respirer ses fraisiers ? Ouh lala ! Elle ne va jamais y arriver. Elle n'a plus de force cette vieille. Elle est trop vieille.

Et si je l'aidais, elle me prêterait peut-être un livre ?

Il y a un trou dans la haie. C'est presque comme si je ne désobéissais pas, puisqu'il y a un trou.

Je vais passer dedans.

Chapitre 6
MADO

C'est plus fort que moi, sa peau est si noire, ses yeux si grands. Je veux la voir de plus près.

Je prends ma binette et je m'en vais biner un peu autour des fraisiers, l'air de rien. Ça en a besoin, c'est le moins qu'on puisse dire. Il y a du liseron partout, des graminées, des orties en veux-tu en voilà, et même des ronces.

Je n'en viendrai pas à bout, il y en a trop. Je n'ai plus envie de lutter contre ça, pas le temps. Il me reste, quoi ? Des ans, des jours ? Non ? Des heures ? Ça m'est égal, je partirais bien tout de suite. Enfin presque tout de suite, juste après. Je veux d'abord voir cette enfant de plus près.

Ça n'a pas de sens, je sais bien que ça n'en a pas. Voir cette petite fille noire de plus près, ça n'a aucun sens, mais c'est plus fort que moi. Tiens ! Où est-elle ? Elle était là et puis, pouh ! Mais où est-elle ?

Mais quel culot ! Elle est passée à travers la haie et la voilà dans mon jardin maintenant, ma parole ! Elle m'a fait une de ces peurs en plus ! Je vais lui dire ce que j'en pense, moi, de ses façons.

— C'est mon jardin ici.

Elle ne répond pas. Elle sourit encore. Elle est peut-être idiote. Elle est sûrement idiote pour sourire tout le temps comme ça. Qui est-ce qui peut sourire tout le temps aujourd'hui, et même autrefois, à part les idiots ?

Bon, qu'est-ce qu'elle veut maintenant ? Ma binette ? Pour quoi faire ? Et si elle allait me massacrer avec ? Je n'aimerais pas finir massacrée à coups de binette, ça doit faire un mal de chien. Bah ! après tout, je m'en fiche. Elle n'a pas l'air bien méchante, c'est une juste petite fille. Une petite fille noire, bon.

Mais, qu'est-ce qu'elle... Ah, elle voulait juste m'aider.

Elle a l'air de savoir s'y prendre, cette petite. Peut-être qu'elle parle français.

— Comment est-ce que tu t'appelles ?

— Sako.

— Tu me comprends alors ?

Elle hausse les épaules, ça veut dire oui ?

— Tu parles le français ?

Elle le parle très bien même. Elle l'a appris à l'école dans son pays. Et la voilà qui bine et bine et qui me raconte, sans même s'essouffler, comment elle et sa mère sont arrivées ici.

— On a traversé le désert sur un camion jusqu'au Maroc. Mais là-bas, y avait un grand morceau de mer devant nous, au moins douze kilomètres, et on n'était pas toutes seules, ouh lala ! On était des millions ! Non, des millions peut-être pas, mais des milliers. T'aurais vu !

— Et alors ?

— J'avais jamais vu la mer.

— Et alors ?

— Il y avait des soldats, des tas, avec des armes, qui n'avaient tous qu'une idée : nous renvoyer d'où on venait. Mais ça, personne voulait. Ma mère s'est débrouillée. Un pêcheur nous a emmenées un peu plus loin que la plage surveillée. Après, on a marché, beaucoup, on a fait du stop, on a voyagé dans des camions et des camions encore, en veux-tu en voilà, qui transportaient toutes sortes de marchandises qui sentaient mauvais parfois.

— Et ton père ?

— Je le connais pas. J'avais un an quand il est mort.

Un bien grand voyage pour un si petit bout de femme.

— Ça fait deux ans qu'on est ici ou là.

Elle m'a désherbé tout le carré de fraisiers et j'ai voulu lui offrir un goûter pour sa peine, mais je n'avais rien. Sauf le petit bout de baguette que je devais garder pour mon œuf et un reste de confiture. Bah ! Je mangerai l'œuf sans pain, ce n'est pas grave.

Elle ne veut pas entrer dans la maison. Elle s'est assise par terre et elle dévore le pain à la confiture et puis elle me demande si je ne pourrais pas lui donner un vieux livre que je voudrais mettre à la poubelle.

— Je ne mets pas les livres à la poubelle, mais je peux t'en prêter un si tu veux.

Je lui prête un livre que j'avais acheté pour les enfants de Patrice. Ils viennent si rarement que j'ai oublié de le leur donner et maintenant, ils sont trop vieux. Ça s'appelle *Vendredi ou la Vie sauvage*(1). Je l'ai lu, il y a longtemps, je ne m'en souviens plus très bien. Il me semble que c'est une belle histoire.

Sako me demande qui est Patrice.

— C'est mon fils. Il a quarante ans maintenant et ses enfants sont plus grands que toi. Il est à Marseille.

— Pourquoi s'il est parti à Marseille, il t'a laissée ici ?

— Mais toi, tu as bien laissé ton grand-père en Afrique.

— C'est lui qui l'a demandé. Il voulait mourir près de ses ancêtres.

— Eh bien moi aussi.

— Je ne te crois pas, dit-elle.

Elle est un peu insolente. Je me demande combien de temps elle va rester là.

J'irai au supermarché demain, je prendrai mon sac à roulettes. Il faut que j'achète du pain et...

1- *Vendredi ou la vie sauvage* est un roman de Michel Tournier publié chez Gallimard.

Chapitre 7
SAKO

Ma mère n'a pas eu l'air content quand je lui ai raconté mon après-midi.

— Tu la connais depuis une heure et elle t'a déjà donné à manger et un livre en plus ? Qu'est-ce qu'elle t'a demandé en échange ?

— Ben rien. Elle a des antécédents en tout cas et une vraie peau de poulet et tout ce qui va avec... Et tu m'avais dit de rester là, je suis restée là. J'ai juste traversé la haie.

Ma mère était trop fatiguée pour discuter.

Elle a trouvé du travail pour décharger des caisses au supermarché. En principe, c'est un boulot d'homme, mais elle a dit au patron qu'elle était forte comme un homme, alors ils ont bien voulu la prendre à condition qu'elle se cache si quelqu'un vient inspecter. Au signal, elle doit se dépêcher de passer du côté du public avec un chariot, comme si elle était une cliente.

— Ce n'est pas comme ça que j'aurai mes papiers, mais c'est un commencement, je suis sûre que ça va me porter chance.

Au début, elle est toujours sûre, mais après, bien souvent, la vie se charge de lui faire comprendre que ce n'est pas elle qui décide.

Quand on est parties d'Afrique, elle était sûre qu'on aurait tout ce qu'on voudrait en France rien qu'avec ce que les gens jettent dans leurs poubelles, ce serait la belle vie, pas de doute. Même qu'elle avait dit à mes oncles et tantes et à mes cousins avec qui on partageait la maison de Bamako :

— Restez ici si vous voulez, bande de ramollis !

Elle disait que leur âme était déjà morte et qu'ils s'étaient endormis dans leur destin. C'est pour ça qu'ils n'avaient plus l'énergie de rêver aux bonnes surprises que la vie leur réservait.

Mado m'a prêté un livre.

Son vrai nom, c'est Madeleine, mais elle préfère Mado. Elle dit que personne ne l'a appelée comme ça depuis au moins un siècle parce que son fils l'appelle « maman » et ses petits-enfants, « mémé ». Enfin, au téléphone puisqu'ils sont partis. Personne ne vient jamais la voir. Ses amis sont tous morts et elle n'a pas pensé à s'en refaire d'autres. Elle dit que ce n'est pas si simple. Elle dit que son fils ne l'a pas abandonnée, qu'il est seulement parti.

— Pourquoi ? Tu n'aurais pas aimé y aller toi, à Marseille ? je lui ai demandé.

— Non, elle a répondu. Je ne sais pas, peut-être, mais non, je ne pense pas. Il fait trop chaud.

Moi je crois qu'elle aurait été très contente à Marseille puisqu'elle ne s'occupe plus de son jardin. En Afrique, on ne laisserait pas une vieille toute seule comme ça. Sauf pour aller en France. Mais mon grand-père, ce n'est pas pareil, puisqu'il voulait dormir auprès de ses ancêtres. Et il n'est pas tout seul. Il y a mes oncles, mes tantes, mes cousins, les voisins...

Mado a une drôle d'odeur, un peu comme du poulet pas cuit. Tous les Blancs sentent comme ça. On doit finir par s'habituer. Et puis ça ne fait rien parce qu'elle est gentille.

J'ai commencé *Vendredi*, c'est bien.

Chapitre 8
MADO

Bon, de la farine, des œufs, du lait... Je vais faire des crêpes.

Tous les enfants adorent ça. Enfin, les enfants africains, je ne sais pas. Sako ne connaît peut-être pas les crêpes ?

Bah, on verra bien, j'ai envie d'en faire, j'en mangerai peut-être une ou deux. Oui, j'en ai envie, c'est drôle, rien que d'y penser, ça me met l'eau à la bouche. Voyons, il manque, c'est idiot, je n'ai pas pu oublier quand même. Il faut deux verres de farine, deux verres de lait, ou trois ? Du sucre, deux œufs, c'est ça, il faut des œufs.

Cette enfant est étrange. Elle a une peau magnifique, couleur de prune, non, de... Elle a une peau couleur de prune et une drôle d'odeur poivrée. Les Noirs ont tous cette drôle d'odeur poivrée. Elle a les cheveux longs tout tressés. Ça doit prendre des heures pour tresser les cheveux comme ça. Elle connaît bien le français, parfaitement même. Je ne savais pas qu'on apprenait le français au Mali. Je n'avais jamais parlé à une vraie Africaine.

Enfin si, quand je travaillais. Dans le bureau où je travaillais, il y avait une Noire. Mais ce n'était pas pareil, ses parents étaient là depuis, je ne sais plus depuis quand à vrai dire, ou alors, elle n'était pas africaine, elle était antillaise, je ne sais plus. Évidemment ce n'est pas pareil, les Antilles, c'est une colonie, enfin c'était une colonie. C'est une colonie ? C'est incroyable qu'on en soit encore là, à partager le monde avec un couteau comme une tarte, ce petit bout-là pour moi et je reprendrais bien aussi ce petit bout-là. Ce monde est si vieux, et il ne fait plus le moindre effort pour rajeunir.

Et si j'achetais des bonbons ? Ceux-là, en guimauve, ils ont l'air bien. Non, c'est mauvais pour les dents. Sako a de jolies dents. Si blanches. Elle est si pleine d'appétit.

Mais qu'est-ce qui me prend ? Des bonbons maintenant. Elle me met sens dessus dessous cette petite.

Non, il n'est pas si lourd ce sac, avec les roulettes ça va très bien. Ça va. Je ne me plains pas.

Pourvu que je sache encore faire des crêpes. Je dois avoir une recette quelque part. Je vais la retrouver, c'est pour les proportions. Bah, ce n'est pas si difficile. Si c'est trop épais on rajoute un peu de lait et si c'est trop liquide... avec Patrice, on en faisait quand il était petit. Il adorait ça. C'est vrai que j'aurais bien aimé aller à Marseille. Il fait toujours beau là-bas. J'aurais vu mes petits-enfants grandir et aujourd'hui, je ne serais pas une étrangère pour eux. Bon, je vais cueillir des framboises.

Il y en a tellement ! Ce serait dommage de les laisser perdre. Il y en a au moins, je ne sais pas, des kilos.

Je vais cueillir cette rangée-là et je ferai une tarte.

Je suis fatiguée, je n'ai plus de résistance. Je me laisse aller. Il faudrait que je me secoue un peu. Pouh, c'est trop fatigant, je cueillerai le reste demain.

Tiens, voilà Sako !

Comme elle est souriante, cette enfant, comme elle est jolie. Quand je la vois, ça me fait comme, comme quoi ? Je sais ! Ça me fait comme un petit ascenseur dans le cœur. C'est que je n'ai plus l'habitude des visites, de l'imprévu. Je vais m'asseoir un peu. Je vais me reposer un peu et Sako va m'aider à cueillir les framboises. Je vais me reposer un peu et je vais préparer la pâte pour les crêpes pendant qu'elle cueille les framboises.

Le ciel est d'un bleu aujourd'hui ! Magnifique. Pas un nuage.

Chapitre 9
SAKO

Aujourd'hui, j'aide Mado à cueillir des framboises, elle veut faire une tarte. Elles sont tellement bonnes que je ne peux pas m'empêcher de les manger à mesure, mais Mado n'est pas d'accord, elle râle.

— C'est pour les confitures !

— Mais moi, je les aime aussi vivantes, je lui dis.

Ça la fait rire. Après, elle me demande si aujourd'hui je veux bien entrer dans sa maison.

— Oui, aujourd'hui je peux, ma mère est d'accord si je ne touche à rien. À part le goûter.

Mado a l'air content parce qu'elle a une idée derrière la tête, c'est de faire des crêpes, une spécialité française. En réalité, ça ressemble à des froufrous*, mais c'est moins épais, il faut donc en manger davantage.

Je regarde comment elle fait : le lait, la farine, les œufs, ce n'est pas très compliqué.

J'en mange beaucoup, et même je ne peux plus m'arrêter tellement c'est bon.

Évidemment, ma mère n'est pas contente, parce qu'elle a acheté du sorgho pour faire le tô* et je n'ai plus faim. Moi, je ne dis rien pour ne pas la contrarier, mais je trouve que c'est une drôle d'idée. Elle me dit de ne plus penser au Mali et elle fait du tô. J'en mange un tout petit peu, pas assez à son goût. Alors je la console en lui disant que je l'aime et que j'aime le tô, mais que Mado est toute vieille et toute seule, bien plus seule que mon grand-père d'Afrique, et que je peux quand même lui faire plaisir en mangeant ses crêpes françaises.

— Mais oui ma fille, elle dit finalement. C'est toi qui as raison, profite.

Quand le jour a commencé à se mélanger à la nuit, avec ma mère, on est sorties. On est allées se promener en ville et en même temps, on regardait dans les poubelles s'il y avait des trucs intéressants. Ma mère croit toujours qu'on va y trouver un trésor. En fait, on n'a pas trouvé de trésor, mais quand même trois ticheurtes presque neufs, une boîte de haricots en conserve périmée – pas depuis longtemps –, un réveil électronique, et un déodorant à moitié plein qui sent très bon. *Numéro 8*, ça s'appelle. On en a mis dans la caravane pour enlever l'odeur de moisi.

Ma mère a raison, on pourrait ouvrir une boutique au Mali avec ce qu'on trouve dans les poubelles de France. Et moi, je pense qu'on pourrait même ouvrir une boutique en France.

En rentrant, comme je n'ai pas encore sommeil, je lis *Vendredi* à la lampe électrique. Ma mère n'aime pas ça parce que ça use les piles, mais elle était si fatiguée qu'elle s'est endormie.

J'en profite pour faire une tente avec mon duvet et lire dessous et ça me donne l'impression d'être avec Robinson. J'ai de la peine pour lui quand il se rend compte qu'il est tout seul sur cette île et que c'est peut-être pour toujours.

— Je suis là, Robinson, j'ai envie de lui dire.

Ça doit être horrible d'être tout seul pour toujours, de n'avoir personne à qui parler, personne à aimer, c'est sûrement la pire des choses humaines qui puisse arriver.

Chapitre 10
MADO

Sako a fait les poubelles avec sa mère hier soir. Je lui dis que ce n'est pas une occupation pour une petite fille.

— Pourquoi ?

— Parce que.

Je ne trouve rien d'autre à lui répondre et je me trouve bête. Je n'y avais encore jamais réfléchi.

C'est vrai que les gens jettent des choses qui pourraient encore leur servir, uniquement parce qu'ils en ont assez. D'autres, qui en ont besoin, les prennent, ça paraît simple.

— Tu vois, me dit-elle. Tu ne trouves pas de vraie raison. C'est qu'il n'y en a pas... Ce n'est pas grave, ajoute-t-elle, comme pour me consoler. Tu ne peux pas tout savoir. Personne ne peut.

Sako est intelligente, et insolente. Et si attachante.

Et puis brusquement, elle me demande de lui raconter des histoires. Mais des histoires, moi, je n'en connais pas.

— Mais si ! Des histoires de quand tu étais jeune avec ton mari et tes enfants, ou même encore avant, quand tu étais petite fille, tu en connais sûrement !

Et me voilà farfouillant dans ma mémoire en quête d'un souvenir racontable à une enfant de dix ans. Mais je n'en trouve pas. C'est le passé et ça ne me dit rien d'en parler. Il y a prescription maintenant. Je n'ai jamais été nostalgique, j'oublie tout, ou je pense que ce n'est pas intéressant.

Sako pendant ce temps-là se balance d'une jambe sur l'autre.

— Alors ? Tu ne trouves pas ? Une histoire de chien alors. Tu as bien une histoire de chien, tu n'as jamais eu de chien ?

Je n'ai jamais eu de chien non, mais je me souviens de celui de mon voisin. Platon était un petit chien moche, bâtard, grandes oreilles balayant le bitume, petites pattes courtes et longs poils soyeux couleur crème. Son maître était vieux. Et seul. Ils avaient dans les dix ans d'affection mutuelle derrière eux. Mon voisin est mort d'un seul coup, comme ça arrive parfois. Platon a suivi l'enterrement jusqu'au cimetière. Et puis un autre voisin l'a pris chez lui gentiment, pour lui éviter la fourrière, mais le chien se sauvait tout le temps pour aller se coucher sur la tombe. Alors finalement, on l'a laissé faire. On lui portait à manger là-bas. Les chats venaient tout lui boulotter sous le nez. Lui n'y touchait pas. Ce n'est pas croyable à voir ces choses-là. Ça ne lui a pris qu'une semaine pour mourir.

— Oh, c'est une histoire d'amour ! C'est pour ça que tu n'as pas de chien alors ? Parce que tu ne veux pas qu'il meure quand tu t'en iras ?

Peut-être, je ne sais pas. Et je n'avais jamais raconté ça à personne parce que ça me fait pleurer à l'intérieur.

Sako, elle, est passée à autre chose déjà. Elle ne s'appesantit pas.

Elle veut qu'on fasse un jeu toutes les deux. J'avais oublié ce que c'est qu'un enfant. J'ai l'impression de la connaître depuis toujours et à chaque instant, elle me surprend. Je ne m'ennuie pas avec elle, mais j'ai peur qu'elle s'ennuie avec moi, qu'elle s'en aille. Pendant qu'elle mange la tarte aux framboises, je réfléchis. Voyons, il y a les dadas et le Monopoly, mais j'ai horreur des jeux de société. Ah, j'ai trouvé, les découpages ! J'y jouais pendant des heures quand j'étais petite. Ça ne coûtait rien, qu'un peu de colle et de patience.

Je vais chercher un catalogue de vente par correspondance et je montre à Sako comment découper des mannequins hommes, femmes, des enfants, en veux-tu en voilà, qu'on colle ensuite sur un grand carton pour faire un tableau. Ça lui plaît tout de suite beaucoup. À moi aussi d'ailleurs. Je n'aurais pas cru que ça m'amuserait encore autant.

« De quoi tu as l'air, ma vieille ? » je pense en moi-même. Eh bien j'ai l'air d'une vieille qui s'amuse, voilà.

Sako veut qu'il y ait aussi des arbres et des oiseaux. Je vais chercher mes vieux catalogues de plantes, autant que ça serve à quelque chose. On y passe l'après-midi.

— Tu n'auras qu'à l'accrocher là, ça

égayera et ça fera plaisir à ta plante qui le verra depuis sa fenêtre.

Là, c'est le mur du salon qui regarde le jardin, et la plante, un vieux géranium qui n'a plus fleuri depuis trois ans et que j'ai déjà eu cinquante fois envie de jeter. Seules la paresse et la culpabilité m'en ont retenue.

— Il est fichu de toute façon.

— Ne le jette pas. Laisse-lui encore un peu de temps. Peut-être qu'il est juste en train de se reposer.

Se reposer ! Comme si elle y connaissait quelque chose aux géraniums !

Elle est partie et son départ déjà me laisse orpheline. Je me sens encore plus seule qu'avant de la connaître.

Alors je pense à demain, à l'instant où elle apparaîtra dans la trouée du feuillage. Je vais faire ce qu'elle a dit, je vais suspendre notre tableau. Voyons, un marteau, un clou, je dois bien avoir ça quelque part.

Oh, et puis non. Je le ferai demain matin. Je vais le poser sur le buffet en attendant.

C'est vrai que ça égaye. Chaque collage de Sako me ramène un petit bout d'elle. Celui-là par exemple : elle riait tellement qu'elle n'arrivait pas à le coller. Elle riait parce que je pestais en cherchant mes lunettes pour voir de près. J'aime tellement son rire, j'ai fait semblant de perdre mes lunettes encore une fois rien que pour l'entendre. Et les roses roses. Elle voulait mettre des roses roses partout, elle en a mis partout d'ailleurs. Et celui-là, ce bébé qui berce son ours : il a la voix de Sako quand elle dit « Mado ». Mado, Mado, oui c'est mon nom, mon nom. Si on m'avait dit que je l'entendrais encore...

Au moment de partir, elle s'est mise sur la pointe des pieds et elle m'a embrassée.

Je ne m'y attendais pas, j'étais gênée. Je ne pensais pas qu'une petite fille pourrait avoir envie d'embrasser une vieille comme moi. Elle a la peau si fraîche, si souple. Depuis combien de temps n'avais-je pas touché une peau aussi fraîche ? Depuis l'année dernière, quand Patrice est passé avec les enfants. Mais ce n'est pas pareil. Ils sont grands, quinze ans. Ils n'aiment pas m'embrasser. C'est tout juste s'ils me reconnaissent. Bien sûr, c'est normal, on se voit si peu.

— Allez, vous embrassez mémé maintenant, leur a dit Patrice.

Tu parles s'ils étaient contents, ces deux grands dadais. Ils ont obéi, bien obligés. Mais leur peau n'est pas aussi fraîche que celle de Sako. Juvénile pourtant, douce encore. Je me suis retenue de pleurer. C'est si violent la tendresse qu'on donne contre son gré. Sako elle, m'a embrassée de bon cœur. Je me suis sentie vivante.

Je ne pensais pas pouvoir encore me sentir aussi vivante.

Chapitre 11
NIOUMA

De quoi elle se mêle cette vieille ?

Elle croit que je ne peux pas m'occuper de mon enfant peut-être ?

Je lui donne des conseils pour tenir sa maison, moi ? C'est facile de faire la morale aux gens quand on a tout le superflu pour vivre !

Mado ceci, Mado cela, elle n'a plus que ça à la bouche quand elle rentre. Je t'en ficherai des crêpes et des Ropinson ! Je me demande si je ne devrais pas lui interdire d'y aller.

Allah, Faro, Bemba, protégez-nous ! Je suis trop fatiguée. Je suis... fatiguée.

Après tout, c'est aussi bien que cette vieille s'en occupe, c'est mieux que de la voir traîner.

Ma pauvre petite Sako, qu'est-ce qu'elle pourrait faire d'autre ? Elle doit s'ennuyer toute seule ici. Elle s'ennuie toute seule et elle est belle ma Sako, il ne faudrait pas qu'un sale type lui fasse du mal, ou une bande de voyous.

Après tout, c'est aussi bien qu'elle s'en occupe, cette Mado. Moi, je n'ai pas le temps, faut que je travaille. Faut que je travaille pour les avoir ces fichus papiers. Parce que... Mais qu'est-ce qu'elle peut bien avoir dans le ventre cette Administration ? Moi je veux bien qu'on m'explique, je veux bien essayer de comprendre. Ça m'est égal de faire le boulot que les Français ne veulent pas, j'ai du courage, je veux bien le faire, mais je veux des papiers.

Aujourd'hui, il y a deux types qui nous attendaient à la sortie de l'entrepôt. Ils disaient qu'on avait pris leur place et que ça ne se fait pas de travailler sans sécu ni rien. Ils disaient qu'eux aussi, ils avaient une famille à nourrir et que personne ne devrait accepter un boulot à cinq euros de l'heure sans sécu ni rien. Mais cinq euros de l'heure, c'est quelque chose. Et comment je pourrais l'avoir la sécu si je n'ai pas de papiers ? Et comment ils les ont eus leurs papiers, eux ?

Il faut que je fasse manger ma gosse, moi.

Bientôt, elle ira à l'école, elle est intelligente ma Sako. Elle sera médecin, elle l'a dit.

Même si elle est seulement infirmière, ce sera bien. Elle est intelligente, elle réussira. Ou bien sage-femme, ou aide-soignante, ou... On va s'en sortir, on est sur la bonne voie. Ou institutrice. Elle est intelligente ma Sako.

Cette foutue vieille alors, faudrait peut-être que je la remercie en plus !

Chapitre 12
SAKO

J'ai raconté les poubelles à Mado, elle n'était pas contente mais elle ne savait pas pourquoi.

— Tu devrais essayer, je lui ai dit, tu verras, c'est amusant et ça te fera peut-être changer d'avis.

— Ça m'étonnerait, et puis je n'ai besoin de rien, qu'est-ce que j'irais faire dans une poubelle ?

— Nous non plus, on n'a besoin de rien.

C'est vrai, on n'a besoin de rien, sauf de papiers, parce qu'on ne peut rien faire sans papiers. On ne peut pas se soigner si on est malade, on ne peut pas travailler, on ne peut pas avoir d'endroit où habiter, rien.

Avec Mado, on a fait un tableau avec des

photos découpées dans des catalogues. Je ne sais pas comment les gens arrivent à vendre des trucs par la Poste alors qu'il y a déjà tellement de vrais magasins. Un blouson en toile coûte soixante-cinq euros quatre-vingt-dix-neuf, un blouson en cuir, cent trente-neuf euros quatre-vingt-dix-neuf. Tous les prix se terminent par quatre-vingt-dix-neuf, c'est juste le début qui change. Nous on les a découpés gratuitement, et avec, on a fait un tableau que Mado va accrocher sur son mur triste.

Ma vraie grand-mère est morte quand j'avais cinq ans, mais elle ne s'occupait pas beaucoup de moi. Il faut dire qu'avec tous mes cousins et mes cousines qui étaient aussi ses petits-enfants, elle avait de quoi faire. Et puis je crois qu'elle préférait les garçons, surtout Kouka, elle l'adorait. Mado elle, n'a pas de petits-enfants, enfin presque pas, alors elle s'occupe de moi exclusivement. J'ai mangé tellement de tarte aux framboises que ma mère va encore râler que je boude son tô.

En rentrant, je regarde un petit peu la télé des Algériens qui l'ont dans leur caravane et qui ont laissé la porte ouverte. Je vois qu'en

Amérique, ils construisent un mur de mille kilomètres pour que les gens du Sud ne puissent plus venir chez eux. Mille kilomètres, c'est beaucoup. Ils doivent vraiment avoir très peur pour faire un si grand mur. Alors, je me dis que peut-être ici aussi ils vont construire un mur pour empêcher les Africains de venir. C'est vrai que si tous les Africains veulent venir en France, il n'y aura plus personne en Afrique et la France, c'est tellement petit.

J'aime pas les informations, ce n'est pas très intéressant et c'est toujours triste.

Le mur des Américains a fait naître beaucoup de questions dans ma tête où elles se mettent à danser toutes seules, sans leurs réponses. Pourquoi tous les Africains veulent-ils venir en Europe ? Pourquoi tous les pauvres sont-ils en Afrique et les riches en Europe ou en Amérique du Nord ? Comment font les riches pour être riches ?

Et puis d'un seul coup, je me dis que peut-être ils vont me l'expliquer quand j'irai à l'école. Comme ça je saurai comment on fait et je pourrai aller dire aux Africains que ce n'est plus la peine de se donner tant de mal pour venir. Un jour, j'irai à l'université pour avoir un diplôme de médecin et ensuite je retournerai au Mali pour apprendre le savoir des hommes-médecine comme mon arrière-grand-père. Je deviendrai le meilleur médecin d'Afrique, de France et d'Europe, et j'expliquerai aux Africains comment on devient riche.

En attendant que ma mère rentre du travail, je lis *Vendredi ou la Vie sauvage* pour me faire de la compagnie. Robinson a trouvé un chien et ensemble, ils ont attrapé des agoutis*, comme au Mali.

Là, ce n'est pas ma faute, je suis bien obligée de penser « comme au Mali » parce qu'en France, il n'y en a pas.

Le chien a donné envie à Robinson de construire une maison et il lui a réappris à sourire. Je ne savais pas qu'on pouvait oublier de sourire. Le chien de Robinson, c'est un peu comme un ami qui est d'accord avec tout ce qu'il fait. On a toujours besoin d'un autre pour se sentir vivant. C'est pour ça que Platon est mort, il ne se sentait plus vivant. Robinson et son chien, ils s'aident à se sentir vivants.

Chapitre 13
MADO

Sako va bientôt arriver. J'ai le cœur qui fait le yo-yo, a-t-on idée ? Vieille folle. Je ne la connaissais pas il y a trois semaines et maintenant, voilà que...

Voyons, tout est prêt. Les tartines, la confiture, le lait. Elle adore le lait chaud avec un peu de fleur d'oranger dedans, et j'ai fait des biscuits avec la crème du lait. C'est peut-être trop ? On les mangera au goûter.

Ah ! C'est elle !

Non, c'est le noyer qui craque sous le vent. Ou bien une voiture qui fait crier ses freins sur la rocade.

Ah ! Cette fois, la voilà.

Non. Faut-il être bête pour se mettre

dans des états pareils pour une gamine que je ne connaissais pas il y a trois semaines.

Est-ce qu'elle va remarquer ma robe ? Je l'ai achetée pour le baptême de mon petit-fils, il y a... mon Dieu, dix-huit ans ? Patrice la déteste. Il dit que c'est vulgaire le rouge à mon âge.

C'est vulgaire ? Non, je ne trouve pas. Et je n'ai pas grossi. Si, de la taille. Quelle horreur, je m'étais pourtant bien dit d'éviter ce miroir. Il faudrait que je l'enlève. Pouh ! Il est trop lourd, je ne pourrais jamais le décrocher toute seule. Ah je sais, je vais mettre un drap dessus.

Non, non, c'est ridicule. Je suis vieille et moche, ça ne date pas d'hier, depuis le temps je devrais m'être habituée. En fait, si je ne compare pas à ce que j'étais avant, ça va. Ça va bien même : je marche, je dors, je mange, tout ça fonctionne à peu près. Peut-être pas aussi souple. Que demander d'autre ? Rien. Je ne demande rien. Surtout maintenant que j'ai Sako.

S'il n'y avait pas eu Sako, je n'aurais jamais su ce que c'est d'être grand-mère. Patrice a déménagé quand l'aîné avait un an, la dernière venait tout juste de naître. Je les ai vus, quoi, une fois l'an depuis ? J'aurais bien aimé leur apprendre à faire des collages, il est trop tard maintenant. Je leur aurais fait des crêpes, tous les enfants adorent les crêpes. Je leur aurais lu des poèmes, j'aurais, je ne sais pas moi. J'aurais vu dans leur regard que je compte pour quelque chose, que je suis encore utile à quelqu'un, que je ne suis pas seulement une charge pour la société.

C'est gai le rouge. Je me demande si ce n'est pas un peu trop... Non, ça va. Si je relève mes cheveux comme ça, c'est mieux. Je vais mettre un peu de rose sur mes pommettes. Et voilà. C'est moins triste. Ah ! je vais me parfumer ! Peut-être qu'il me reste de l'eau de violette. Ça bonifie avec le temps, l'eau de violette.

Il y en a encore qui sont venus s'installer cette nuit. Ils sont trop nombreux, ça va mal finir. J'ai entendu les gens parler en ville, ils disaient...

Des imbécillités bien sûr, mais quand même. Ils disaient que c'est sale, dangereux et qu'on n'est pas en sécurité.

Qu'est-ce que je dirais ? Je suis juste à

côté. S'ils avaient voulu me tuer, ils l'auraient déjà fait non ? Ceux de cette nuit évidemment, je ne sais pas, je ne les connais pas après tout. Je n'en connais aucun, c'est vrai, je ne connais que Sako. Je pourrais peut-être demander à sa mère de...

Pourquoi est-ce qu'elle n'est pas encore là ?

Elle n'est peut-être pas réveillée encore. Elle lit avec la lampe-torche sous son duvet, elle se fatigue les yeux. Peut-être qu'elle a lu toute la nuit ? Ça use les piles. Sa mère ne devrait pas la laisser faire. Oh, ce n'est pas pour les piles, j'en ai des piles. Je vais aller voir dans la chambre de Patrice s'il n'y a pas quelque chose que je pourrais donner à Sako. Il a tout laissé ici, il s'en fiche. Tiens, un ours. Ah ! il est vieux celui-là ! Plus vieux que Patrice, j'étais enceinte quand je l'ai acheté. Mais Sako a dix ans, elle est trop grande pour un ours. Des petits soldats. Non, pas pour une fille, et puis la guerre, franchement... Une voiture téléguidée ? Je ne sais pas. Sa collection de pierres, un jeu de dadas, ce fichu jeu de dadas ! Je déteste les jeux de société. L'automate qui joue du tambour, ça c'est bien, ça va lui plaire. Je crois que ça va lui plaire. Il faut que je remette des piles. Je dois en avoir quelque part. Est-ce que ça va lui plaire ? Pourvu que oui.

Chapitre 14
NIOUMA

Les types de la dernière fois m'attendaient à la sortie du supermarché avec un cutter.

Il y en avait un qui regardait, bras croisés, et qui donnait les ordres à l'autre avec ses yeux. Alors l'autre m'a balancé une gifle qui ressemblait à un coup de poing. Ça a fait des étincelles dans ma tête, je suis tombée. J'étais à peine relevée – je ne sais pas comment – qu'il m'en a collé une autre. Zhora et Fatou sont sorties de l'entrepôt. Quand elles ont vu ce qui se tramait, elles se sont cachées vite fait derrière les poubelles.

— On t'avait prévenue, m'a dit celui des deux types qui se chargeait des dialogues.

Le cutter, c'était pour me faire peur, heureusement.

— La prochaine fois, on s'en sert, il m'a dit. Je veux plus te revoir ici, mets-toi ça dans le crâne. Mes mômes ont besoin de bouffer.

J'aurais bien voulu les voir ses gosses, tiens, en train de regarder comment leur père s'y prend pour les faire bouffer !

Les filles restaient bien planquées pour profiter du spectacle.

— Si on te revoit ici, on te fait un lifting et pour le même prix, on te casse les deux bras, a conclu celui qui ne voulait pas se salir les mains. C'est clair ?

Je n'en menais pas large, mais ce qui me faisait le plus peur, c'est qu'ils me suivent et s'en prennent à Sako.

Quand ils sont partis, les filles ont rappliqué pour m'offrir leur consolation. Elles m'ont dit qu'elles auraient prévenu le monde si on me faisait trop mal.

— Ou si on me tuait peut-être ?

— Je te jure, m'a dit Fatou, je voulais appeler les flics, mais après on a pensé qu'avec ta situation, valait mieux pas.

Je leur ai fait un doigt d'honneur comme

quoi je m'en fichais de leur consolation et j'ai filé tout droit à Pôle emploi où j'ai laissé traîner mes oreilles une partie de l'après-midi.

J'ai entendu des femmes parler d'une entreprise de nettoyage qui embauchait les sans-papiers. Elles disaient qu'il ne fallait pas y aller parce qu'on se faisait exploiter. Alors j'y suis allée. Ils ne payent pas moins que les autres, cinq euros de l'heure. On bosse quand les bureaux sont fermés, tôt le matin et tard le soir. Je verrai moins ma Sako, mais c'est provisoire.

Deux autres familles sont venues s'installer au camping. Des Congolais. Les femmes portent leurs vêtements de là-bas.

Je suis allée les voir pour les prévenir qu'elles feraient mieux de s'habiller autrement si elles veulent leur chance. Elles m'ont regardée en rigolant et elles ont haussé les épaules. Elles s'en fichent. On verra si elles s'en fichent toujours dans six mois.

J'ai peur que ça recommence comme les autres fois. Sitôt qu'on est trop nombreux quelque part, ils nous font partir. Le type de l'association dit qu'il va nous trouver quelque chose, faudrait qu'il se dépêche. Ça fait longtemps qu'on ne l'a pas vu. Il a peut-être eu des ennuis. Paraît que les Français qui aident les sans-papiers peuvent avoir de sacrés ennuis.

J'espère qu'il va bientôt venir.

Ça me plairait d'avoir un endroit à nous où on pourrait rester un moment. Un an ou deux, le temps de voir venir, le temps de s'organiser pour ces fichus papiers. Je ne demande pas l'impossible. Juste un petit studio tout simple où on aurait plaisir à rentrer dormir.

J'ai fait un cauchemar cette nuit. Mousso Koroni dansait aux côtés de son vaurien de frère en grimaçant autour de moi avec leurs têtes de singe, comme ça, tout autour. Je me réveillais et je me rendormais et ils recommençaient. Ça m'a épuisée, épuisée.

Je ne demande pas grand-chose pourtant. Pourquoi ils ne veulent pas de nous ici ? Qu'est-ce qu'ils ont dans le ventre à la fin ?

Chapitre 15
SAKO

Ma mère a trouvé un autre boulot comme technicienne de surface.

— C'est bien mieux, elle m'a dit, sauf que je vais travailler le soir très tard ou le matin très tôt.

Je suis contente qu'elle ait changé. Son travail au supermarché était trop dur. Hier, une caisse est tombée sur elle. Elle est revenue avec des bleus et sa bouche tout enflée qui saignait. Elle a bien fait d'arrêter. Elle se débrouille bien, ma mère, avec la vie. Moi aussi un jour je me débrouillerai avec la vie.

En attendant, le mur des Américains m'a empêchée de dormir. Je ne pouvais pas me l'enlever de la tête. Au bout d'un moment, j'ai fini par m'endormir quand même, mais il y avait des murs dans mes rêves. Des murs tout autour de l'Afrique pour qu'on ne puisse plus sortir. Des murs lisses, lisses, comme du métal et qui grimpaient jusqu'aux nuages. Je n'aime pas les murs.

Quand je me réveille ma mère est déjà partie.

Je me faufile chez Mado parce que je n'ai pas envie de déjeuner toute seule et elle m'a sûrement préparé des tartines.

Aujourd'hui, elle porte une belle robe rouge et elle sent la violette. Je lui demande si elle a un rendez-vous.

— Euh... non. Enfin... j'ai quand même un peu rendez-vous. Avec toi.

Mince alors, c'est pour moi qu'elle s'est faite belle, pour moi ! Personne d'autre ne s'intéresse à elle alors elle a mis son affection autour de moi.

— Est-ce que tu vas vivre encore longtemps ? je lui demande.

— Je ne sais pas, elle me répond un peu contrarié. Personne ne sait ces choses-là.

Moi, je disais ça... mais après un petit silence, elle ajoute :

— Avant, ça m'était égal de mourir, mais plus maintenant.

— Avant quoi ?

Elle rougit, elle ne répond pas. Ça se voit beaucoup sur sa peau blanche quand elle rougit.

Je lui dis qu'en Afrique, les morts restent avec les vivants. Les vivants n'ont pas peur d'eux, alors ils n'ont pas besoin de s'en aller bien loin. Ils restent là pour veiller sur nous et nous donnent des conseils quand on en a besoin.

Mado n'a pas l'air de me croire. Je lui parle quand même de Mousso Koroni, la petite vieille femme, et de son jumeau Kéni, le petit vieil homme qui fait l'amour avec les cailloux, les arbres et les fourmis rouges.

— Quelle horreur ! dit Mado.

Ça m'amuse quand elle est indignée, alors je lui raconte encore un peu l'histoire des jumeaux. Je la connais bien parce que mon grand-père me l'a racontée souvent. Ma mère dit que c'est des histoires de vieux, qu'Allah est tout-puissant et Mousso Koroni rien du tout. Mais si Mousso Koroni n'était rien du tout, comment elle pourrait nous embêter tout le temps ?

— Quand les jumeaux sont devenus vieux, ils se trouvaient moches et ils ne voulaient plus se voir dans la glace, alors ils ont mis des masques.

Ça fait comme un choc à Mado qui devient toute songeuse.

— Peut-être que je devrais faire ça aussi.

— Mais non, toi tu es belle !

Elle rougit encore. Rouge sur blanc c'est joli, j'aime bien quand elle rougit. Mais elle n'aime pas trop on dirait, parce qu'elle change de sujet d'un seul coup. Elle prend trois livres sur l'étagère et me les tend.

— Tiens, elle me dit, c'était à Patrice. Des livres de classe.

— Merci ! Je vais tous les lire comme ça je serai la meilleure de l'école et je deviendrai plus vite médecin.

Et puis elle me donne aussi un bonhomme qui joue du tambour tout seul avec des piles.

— Oh ! Mais c'est trop, Mado, maman va pas vouloir.

— Eh bien, tu lui diras que tu les as pris dans ma poubelle.

— Je ne pourrais pas. J'aime pas mentir.

— Alors, prend seulement les livres.

Elle voudra bien les livres ? Pour l'automate, on peut attendre un peu.

— Non, je vais le prendre quand même, et si elle dit quelque chose, je te le rendrai.

— D'accord.

— Comment il s'appelle ?

— Eh bien mais... il n'a pas de nom, c'est un automate.

— Il faut qu'il ait un nom.

Comme apparemment, ça lui est égal, je décide de l'appeler Bemba.

Ensuite, elle veut que je lui parle de mon pays lointain parce qu'elle n'a jamais voyagé. Elle dit que ça lui fera comme si. Au point où j'en suis, de désobéissance à ma mère et à la circulaire, je peux en rajouter une petite couche que personne ne verra.

— Tu veux que je te dise quoi ?

— Ce que tu veux. Le paysage, les gens, les odeurs, tout.

Alors je lui raconte la brousse, les buissons vert pâle et l'horizon jaune que le soleil fait trembler. Je lui raconte le puits où on va chercher de l'eau avec des seaux sur un petit chariot à pied. Une heure et demie. Au retour, il faut faire bien attention à ne pas renverser l'eau parce que le chariot est lourd.

Je lui raconte mon grand-père qui oubliait parfois que j'étais une petite fille et m'apprenait à fabriquer des pièges pour les agoutis, comme à un garçon.

— L'agouti, c'est une sorte de lapin, j'explique.

Je lui raconte aussi ma tante Salif qui fait le yassa[1] comme personne et qui n'a jamais voulu révéler son secret. Seulement quand elle saura qu'elle va mourir elle le dira, elle l'a promis.

Je lui raconte la maison de terre rose où j'ai vécu un an à Bamako avec ma mère, mon grand-père, mes oncles, mes tantes et mes cousins. On n'avait pas beaucoup de place mais on ne s'ennuyait jamais. Et on n'avait pas besoin d'aller chercher l'eau, elle coulait toute seule du robinet dans la cour, comme ici.

— Mado, il ne faudra pas le dire que je te l'ai raconté. C'est à cause de la circulaire, tu comprends, pour les papiers ?

— Quelle circulaire ? Et à qui veux-tu que je le dise ? dit-elle. Je n'ai que toi.

Mado n'a que moi.

1- Plat à base de poulet et d'oignons.

Deux autres familles sont venues s'installer. Elles arrivent du Congo avec leurs enfants, surtout des petits mais aussi un garçon de douze ans qui a l'air gentil et qui s'appelle Bila.

Maintenant, je suis seule le soir pendant que ma mère travaille. Seule avec Robinson.

Mais Robinson a rencontré Vendredi et maintenant il fait semblant d'être un grand seigneur qui a besoin d'un serviteur. Vendredi ne veut pas le contrarier parce qu'il lui a sauvé la vie mais il n'en pense pas moins. Robinson est comme une grande personne qui joue et qui a oublié qu'elle a inventé le jeu.

Je me demande comment ça va finir.

Chapitre 16
MADO

Sako vient tôt le matin maintenant. Elle passe ses soirées à lire toute seule dans sa caravane. Ça m'ennuie qu'elle passe ses soirées toute seule dans cette caravane. Et moi qui suis là à tourner en rond en me faisant de la bile pour elle avec tous ces étrangers autour... Peut-être que je devrais demander à sa mère... Non. Je ne la connais pas et je ne sais pas si j'ai envie de la connaître.

Sako m'a dit que j'étais belle. Je sais bien que ce n'est pas vrai, je ne suis pas belle. Pas laide non plus, non. Simplement vieille. Sako dit que je suis belle parce que les enfants ne voient pas les choses de la même façon que nous. Ils ne jugent pas. Dans le monde de l'enfance, les vieux ont leur place, tout le monde à sa place. C'est en vieillissant qu'on devient intolérant. Je me demande à quel moment ça se produit. Peut-être à l'adolescence ? Je ne m'en souviens plus. Peut-être que c'est à l'adolescence parce qu'on commence à avoir peur de tout ? De ne pas être à la hauteur, de ne pas être comme les autres, que sais-je ? C'est peut-être plus tard ? Je ne m'en souviens plus. Il y a un moment où ça se produit, comme si un sorcier nous touchait de sa baguette magique et hop : tout ce qui est différent devient une menace. C'est un bien mauvais tour.

Sako me parle de son pays. Elle avait un an quand son père est mort, et sa mère n'a pas voulu prendre un autre mari. Elle aurait pu choisir un des jeunes frères de son mari comme c'est la coutume, mais elle n'a pas voulu. Elle avait dans l'idée qu'elle voyagerait un jour et que pour voyager, il valait mieux ne pas avoir trop de bouches à nourrir.

Sako dit que quand elle est malade, elle demande à son arrière-grand-père de la guérir. Son arrière-grand-père était féticheur[1],

1- Le féticheur est un guérisseur traditionnel.

une sorte de sorcier. Comme elle ne l'a pas connu, elle imagine une grande ombre noire qui la berce. Une grande ombre noire. Ça me donne des frissons quand j'y pense, à ces morts qui se baladent au milieu des vivants. Sako a l'air de trouver ça tout naturel.

— Et pourquoi ton arrière-grand-père n'a-t-il pas guéri ton père ?

— Il n'a pas pu parce que mon père n'avait pas confiance en sa médecine. Il a préféré la médecine des Blancs et ça l'a tué.

— Tu n'exagères pas un peu ? S'il est mort, c'est sans doute parce qu'il était gravement malade. Après tout, ce sont des choses qui arrivent.

Elle ne répond pas et son visage se ferme ; c'est comme si la nuit tombait.

Pour revoir sa lumière, je décide de faire des crêpes. En réalité, nous les faisons ensemble. Sako se débrouille très bien maintenant. Elle sait faire la pâte et elle arrive même à faire sauter les crêpes. Ma hantise, c'est qu'elle en mange trop, qu'elle ait une indigestion et que sa mère lui interdise de venir me voir.

Après, je lui propose de lire des poèmes.

Elle fait un de ces bonds sur place, comme si c'était la chose au monde dont elle rêvait depuis toujours. J'avais oublié l'enthousiasme, la force qu'il nous donne.

Je commence à lire, tout doucement, je me prends au jeu et je déclame comme dans un théâtre antique. Je sais, ce n'est pas sérieux du tout, indigne d'une vieille dame pour tout dire, mais je m'en fiche. Ça fait un bien ! Je n'ai que Sako comme public, mais quel public ! Elle applaudit, elle en redemande. Je lui lis Éluard, et Baudelaire, et puis ... Éluard, et ah ! Ronsard : « *Mignonne allons voir...* » Et Baudelaire encore, oh celui-là, il semble avoir été écrit pour moi :

Ange plein de beauté, connaissez-vous les rides,
Et la peur de vieillir, et ce hideux tourment
De lire la secrète horreur du dévouement
Dans des yeux où longtemps burent nos yeux avides ?
Ange plein de beauté, connaissez-vous les rides[1] *?*

Je suis obligée d'arrêter parce que ça me rend mélancolique, et je pense que c'est trop compliqué pour Sako.

1- Charles Baudelaire, « Réversibilité », *Les Fleurs du mal.*

Mais elle n'est pas de cet avis.

— Je ne comprends pas tout, me dit-elle, mais j'écoute la musique des mots.

Où va-t-elle chercher tout ça ?

— Dis Mado, toi, tu as peur de vieillir ?

— Oh, mais c'est fait, ma Sako, je suis vieille, et je crois que j'y suis habituée maintenant.

Les vraies rides, c'est quand on n'a personne à aimer.

— « *Je fis un feu, l'azur m'ayant abandonné, Un feu pour être son ami* », lit Sako. C'est de plaisir Mado, ne t'inquiète pas, me dit-elle quand je vois ses larmes couler. « *Je lui donnai ce que le jour m'avait donné : Les forêts, les buissons, les champs de blé*(1) ... »

Je suis en train de m'attacher à cette petite et ça me fait peur. Un jour, elle va partir avec sa mère, un jour, on va les chasser, les emmener Dieu sait où. Et moi, qu'est-ce que je deviendrai ?

— Tu devrais quand même avoir un chien, me dit-elle abruptement comme si elle avait lu dans ma pensée. Tu sais que Robinson avait un chien ?

1- Paul Éluard, « Pour vivre ici », *Le Livre ouvert I*, Gallimard.

— Je ne veux plus faire de peine à personne, même à un chien.

— Ah oui, c'est à cause de Platon. Mais peut-être que c'est lui qui mourra avant toi ?

— Et tu crois que c'est une pensée qui me réconforte ?

Elle sourit en haussant les épaules.

Peut-être que je ne vais pas recouvrir ce miroir finalement. C'est vrai que je n'aime plus me regarder mais... oui, j'ai l'habitude maintenant. La vraie Mado est à l'intérieur. Une jeune fille en réalité, qui s'est à peine rendu compte que le temps passait, qui pensait que c'était pour plus tard, toujours plus tard, ou alors que c'était seulement pour les autres. Et puis un jour, sans prévenir, le miroir est devenu un ennemi.

Ça m'angoisse de la savoir toute seule dans sa caravane la nuit. Et si j'invitais sa mère à déjeuner dimanche ?

Chapitre 17
NIOUMA

Je m'en doutais que ça finirait comme ça.

Il y a un type de la mairie qui est venu nous dire qu'on ne peut pas rester là, qu'il faut qu'on déguerpisse, qu'on aille ailleurs, où on voudra, où on ne voudra pas de nous non plus bien sûr et ainsi de suite, et même au diable. Il s'en fiche. Il est venu nous dire qu'on va nous faire partir si on ne part pas très vite. C'était un avertissement.

— C'est une propriété privée ici !

Ce n'est pas vrai, c'est un camping, un vieux camping pourri où rien ne marche.

Il a dit que c'était la propriété de la Mairie et que la Mairie veut construire des logements sociaux, alors on est en infraction. Des logements sociaux !

— Ça tombe bien, a dit un des Algériens, il m'en faut un de logement social.

Le gars de la mairie est resté interloqué, et puis, comme l'Algérien insistait, le Polonais s'y est mis, et le ton est monté. Tout seul, le malheureux fonctionnaire ne faisait pas le poids.

— Fichez le camp, il a tout de même dit avant de remonter dans sa voiture, rentrez chez vous !

Je ne sais pas s'il se rend compte de ce qu'il dit. Je suppose qu'il fait juste son boulot. Un sale boulot.

C'est la rentrée des classes dans quinze jours. Le type de l'association a dit qu'il allait nous trouver quelque chose. Mais je ne vois pas comment il pourrait nous trouver quelque chose puisque c'est illégal. Le gars de la mairie a dit que c'était illégal.

Je suis fatiguée, j'ai tout essayé. Je ne comprends pas ce qu'il faut faire.

Je ne l'ai pas dit à Sako. Je lui dirai tout à l'heure, quand elle reviendra de chez la vieille. Elle passe tout son temps là-bas. Elle en est encore revenue hier avec des livres et une marionnette qui joue du tambour toute seule. J'ai cru qu'elle l'avait volée. Mais non, ce n'est pas possible, j'ai pensé. Elle m'a dit qu'elle l'avait trouvée dans la poubelle. Et puis tout de suite après, elle m'a dit : « Non, c'est Mado qui me l'a donnée parce qu'elle n'en avait plus besoin. » Ça ne m'étonne pas. Les gens ici jettent toutes sortes de choses qui marchent très bien.

— Ce sera pour notre magasin, a dit Sako.

Elle parle parfois de ce magasin comme d'un horizon. C'est pour me faire plaisir. Mais moi je préfère qu'elle pense à l'école et à devenir médecin.

Elle m'a récité des mots qu'elle avait appris et qui n'ont aucun sens.

« *J'étais comme un bateau coulant dans l'eau fermée*(1) », qu'est-ce que ça veut dire ? Elle a répété ça toute la soirée, ce bateau dans son eau fermée, et elle pleurait. Mais qu'est-ce que ça veut dire « de l'eau fermée » ? Est-ce que c'est des choses à mettre dans la tête d'une enfant de dix ans cette histoire de bateau et d'eau fermée sans tête ni queue ?

1- Paul Éluard, « Pour vivre ici », *Le livre ouvert 1*. Gallimard.

Je ne sais pas moi. Comment je pourrais savoir ?

Je suis fatiguée, trop fatiguée. J'ai tout essayé, rien à faire.

Chapitre 18
SAKO

Ma mère s'est couchée contre le mur de la caravane, elle n'est pas allée travailler ce soir et elle n'a pas ouvert la bouche de la soirée. J'ai fait marcher Bemba pour la faire rire, mais elle n'a pas ri. Mousso Koroni a dévoré toute sa bonne humeur. Je ne sais pas si ça peut repousser, je ne l'avais jamais vue comme ça, sauf quand mon père est mort. En réalité, je ne l'ai pas vue à ce moment-là, j'étais trop petite, on me l'a raconté.

Elle est triste à cause du type de la mairie qui est venu nous dire de ficher le camp, non, on ne dit pas « ficher », on dit « partir ». Pourtant au bout d'un moment, le type s'est énervé et il a dit « fichez le camp, rentrez chez vous, il n'y a rien pour vous ici ! » C'est ma mère qui me l'a dit juste avant de se coucher contre le mur de la caravane.

Rentrer chez nous, comme si on pouvait. Moi je n'ai pas envie de refaire tout ça à l'envers, même en avion. Et puis on a une mission maintenant, on représente l'espoir pour ceux qui sont restés, on ne peut plus rentrer.

« Ils nous ont dit de ficher le camp. » Ça a été les derniers mots de ma mère avant de se coucher contre le mur de la caravane. Après elle n'a plus rien dit.

— Tu ne vas pas travailler ce soir ? je lui ai demandé.

— J'irai demain matin, elle m'a répondu.

Moi je crois qu'elle a peur qu'ils viennent quand elle ne sera pas là et qu'on m'emmène où elle ne pourra plus me retrouver.

Mais demain, elle ira mieux. Sa bonne humeur a bien repoussé après mon père.

J'ai fait réchauffer le tô et je l'ai mangé toute seule. La nuit tombait tout doucement. Elle prend son temps ici, pas comme en Afrique. Ici elle ne tombe pas vraiment, elle se répand.

Je suis allée parler avec ce garçon congolais qui s'appelle Bila. J'ai profité de ce que ma mère était couchée dans la caravane, parce que sinon, elle aurait bondi comme une furie pour se mettre entre nous comme si je courais un grave danger. Bila n'a pas l'air méchant pourtant, il n'a que douze ans, et c'est encore presque un enfant, comme moi. Il m'a dit que son père a été emprisonné et torturé là-bas, mais il a réussi à s'échapper et à s'enfuir avec sa famille. Maintenant, Bila a très peur qu'on les oblige à y retourner, parce que si on les oblige, son père mourra, c'est sûr. Il mourra, et comme ils ont fui, peut-être que sa mère aussi mourra. Lui Bila, il ne sait pas. Parce qu'en Afrique à douze ans, on n'est plus tout à fait un enfant. Parfois même, à douze ans, on est un soldat, et parfois, on se marie à douze ans. En France, on a le droit de rester un enfant plus longtemps. La vie est moins dure et Mousso Koroni s'en fiche des Français, elle n'embête que les Africains.

Avec Mado, on a lu des poèmes. Je n'ai pas tout compris, mais j'ai pleuré, parce qu'un poème, ça danse dans l'estomac et ça fait monter des larmes. Je ne pouvais plus m'empêcher de répéter tout le temps : « *J'étais comme un bateau coulant dans l'eau fermée.* » Je ne comprends pas ce que ça veut dire, mais c'est beau. Je me demande si je pourrais inventer des phrases aussi belles... Je ne sais pas du tout comment il faut faire... Mais peut-être que c'est impossible, parce que mon cœur à moi est grand ouvert et je veux être le plus grand médecin d'Europe et d'Afrique, pas poète.

J'aurai de la peine quand on partira. Peut-être qu'on ne partira pas. J'aimerais bien rester. Mais il n'y a pas de chauffage et il fait tellement froid l'hiver. S'il fait froid cet hiver, je trouverai un manteau dans une poubelle ou au Secours Catholique et je le mettrai pour dormir.

Je voudrais bien qu'on puisse un jour rester quelque part.

Ça ne me dérange pas trop d'être toute seule le soir. Et puis, je ne suis pas vraiment toute seule, je lis.

Aujourd'hui, Vendredi a fait une grosse bêtise et tout a sauté, la maison, tout. Tout le travail fichu en l'air d'un seul coup. C'est bizarre, Robinson n'avait pas l'air vraiment fâché. Il en avait marre de son jeu idiot de maître et de serviteur, j'en étais sûre qu'il en aurait marre, et maintenant, il ne fait plus rien que dormir au soleil et se baigner et Vendredi lui apprend la vie sauvage. Robinson ne sait rien du tout de la vie sauvage et Vendredi lui apprend, oh ! c'est vraiment bien ! Mais je ne voudrais pas que le livre finisse. J'ai peur qu'un bateau arrive et que Robinson s'en aille. Il ne partirait pas en abandonnant son ami quand même ?

Je commence à regarder les livres d'école du fils de Mado pour que Vendredi finisse moins vite.

Ah non, je sais ce que je vais faire ! Je vais en lire juste un tout petit morceau demain, un tout petit morceau après-demain, et si un bateau arrive, j'arrête et je relis ce que j'ai déjà lu à l'envers jusqu'au début, et je recommence, et après, je ne sais pas.

Chapitre 19
MADO

Sako m'a dit que son père avait attrapé la tuberculose et que les médecins blancs lui ont donné des médicaments qui l'ont tué.

J'ai eu beau lui expliquer que la tuberculose peut tuer quand on ne la soigne pas assez vite, elle n'a pas voulu démordre que c'est à cause des médicaments qu'il est mort. Un autre Blanc voulait aider sa mère à demander justice. Mais elle n'a pas voulu de la justice des Blancs. Elle a dit que ça ne lui rendrait pas son homme et qu'elle avait d'autres chats à fouetter maintenant qu'elle était seule.

Et si c'était vrai ? Il me semble que j'ai lu quelque chose là-dessus, comme quoi on se servait de cobayes qui n'étaient pas au courant qu'ils servaient de cobayes, je n'avais pas su quoi en penser. Il y a tant de choses qu'on ne sait pas.

Ça a tourné dans ma tête toute la nuit. Je m'endormais puis je me réveillais. Toute la nuit. Pas moyen de dormir.

Ce matin je suis fraîche.

Sako, elle, est en pleine forme, comme d'habitude. Elle veut monter dans le prunier pour cueillir les prunes. C'est un vrai écureuil cette gamine. Elle me fait des frayeurs à passer de branche en branche et à s'étirer comme une liane pour attraper les fruits haut perchés. Et si elle tombait, je ferais quoi ? Mais autant parler à une mule.

— Faut pas toujours imaginer les pires choses, Mado ! me crie-t-elle.

Et voilà, ma vieille, écoute la voix de la sagesse, et ne t'imagine surtout pas que tu pourras la convaincre de redescendre tant qu'il reste des fruits sur l'arbre.

— Mais qu'est-ce qu'on va faire de toutes ces prunes ? lui ai-je dit.

— Des confitures.

— Il y en a trop, je n'ai pas le courage.

— Tu vas me montrer, je vais les faire, moi.

— C'est trop dangereux, je ne veux pas que tu te brûles. Je ne peux pas te laisser faire ça.

— J'ai dix ans et demi quand même ! Tu vas me montrer et tu me regarderas pour être sûre que je ne fais pas de bêtises, comme ça, j'apprendrai.

— Il faut du sucre, je n'en ai plus.

— On n'a qu'à aller en acheter, hein Mado ?

Comment résister ?

On s'en va au supermarché toutes les deux, main dans la main. Beaucoup de gens se retournent sur notre passage. On la regarde, on me regarde, oui, même moi. Pour la première fois depuis longtemps, je ne suis plus transparente. On nous regarde et on murmure, pas toujours gentiment, mais ça m'est bien égal, je bois du petit-lait. Je me pavane à côté de cette enfant noire comme si c'était moi qui l'avais faite, comme si sa beauté me rendait moins vieille et moins moche. Oh je sais que leurs pensées ne sont pas toujours tendres, mais c'est mieux que pas de pensées du tout.

Je me dis : savoure. Demain peut-être, tout sera fini, mais aujourd'hui, tu es dans l'absolue perfection.

La fleuriste fait cadeau d'une rose à Sako en lui disant que depuis longtemps elle n'a pas vu un aussi joli sourire. Finalement, il y a du bon aussi dans cette vieille chipie, qui l'eût cru ?

On met le sucre dans le cabas à roulettes et hop, direction la confiture. Toute ma fatigue a disparu.

Pendant qu'on est en train de fermer les pots, Sako me dit que quelqu'un de la mairie est venu les voir pour leur dire de décamper. S'ils n'obtempèrent pas rapidement, on va se charger de les déloger et ça peut arriver à tout moment.

— Comme ça, toutes ces confitures, ça te fera un souvenir de nous, me dit-elle.

Toute ma fatigue revient d'un seul coup. On ne va peut-être plus se voir. Voilà ce qu'elle avait derrière la tête, elle voulait me laisser des souvenirs, comme si ce n'était pas fait déjà.

Mais moi, je ne veux pas qu'on me la prenne. Je ne les laisserai pas faire. Je vais en parler à mes voisins. Il faudrait aussi que j'en parle à sa mère. J'ai dit à Sako de l'inviter demain. C'est dimanche.

Chapitre 20
SAKO

Ma mère a dit non, elle ne veut pas aller chez Mado. Elle dit que ça ne sert à rien. Elle dit non à tout. Elle a perdu le goût des choses. Je lui ai montré ma rose, elle ne l'a même pas regardée. J'espère que sa bonne humeur va repousser. Elle ne va plus travailler, elle ne fait rien. Elle est couchée contre son mur comme si elle attendait la fin du monde, comme si Mousso Koroni lui avait pris toutes ses forces. Ça me fait peur. Heureusement que Mado est là.

Aujourd'hui, elle m'a appris à faire des confitures. Elle m'a dit :

— On va en faire cinq kilos, je n'ai pas assez de pots pour en faire plus. Tu n'auras qu'à donner les prunes qui restent aux gens qui habitent dans les caravanes.

C'est à la fois facile et difficile de faire les confitures. Facile, parce qu'il suffit de laver les fruits et d'enlever les noyaux avant de les mettre dans une bassine avec le sucre, mais après, il faut surveiller que ça ne bouille pas trop fort, sinon ça mousse et ça déborde, que ça bouille suffisamment fort, sinon ça ne cuit pas, et après, il y a le moment magique où le fruit devient une confiture et ce moment-là, pour le reconnaître, il faut être très calé.

— Le petit boulé, le grand boulé, le je ne sais plus quoi dont ils parlent dans les vieux livres de cuisine, on s'en fiche, il faut prendre un peu de fruit avec une cuiller en bois, attendre un moment pour ne pas se brûler, et palper entre ses doigts, quand c'est gluant, ça y est.

Après on a beaucoup discuté du mot gluant, pour être bien sûres qu'on parlait de la même chose.

— Comme une limace, mais en plus collant, a dit Mado.

— Comme un chewing-gum alors ?

— Je ne sais pas, je n'ai jamais mangé de chewing-gum... comme... voyons, comme...

— Comme quand on crache ?

— Oh ! c'est dégoûtant, a dit Mado.

— Bon. Comme de la confiture, quoi !

On a bien ri et on a rempli dix-huit pots ! Mado a dit que demain, on ferait les étiquettes.

Quand je lui ai dit que la mairie voulait nous faire partir, elle est devenue triste. Et tout de suite après, j'ai compris à son front plissé qu'elle cherchait comment faire pour l'éviter. Évidemment, elle n'a pas l'habitude. Je ne crois pas qu'une pauvre vieille puisse grand-chose pour remplacer les papiers qu'on n'a pas.

Ce soir, j'ai distribué les prunes qui restaient dans le campement. Tout le monde en a eu un peu. Après j'ai eu l'idée de la remercier tous ensemble de loin, pour ne pas lui faire peur. On a fait comme un chœur et à mon signal, tout le monde a dit en même temps : « Merci Mado ! »

Plus tard dans la nuit, la Terre s'est mise en colère d'un seul coup.

Elle a envoyé le vent qui a essayé d'arracher tout ce qu'il pouvait. Il n'a pas réussi, à part quelques branches, mais pendant un moment, j'ai cru que la caravane allait s'envoler.

Mon grand-père dit que quand la Terre se met en colère, c'est pour prévenir les hommes qu'elle est fatiguée de leurs bêtises et qu'ils feraient bien d'arrêter avant qu'il soit trop tard. J'espère qu'ils ont entendu. En tout cas, elle a fini par se calmer et j'ai allumé la lampe sous mon duvet. Je suis contente d'être ici. Dommage que la bonne humeur de ma mère n'ait pas encore repoussé. Avant de m'endormir, je demanderai à mon arrière-grand-père de la guérir.

Robinson et Vendredi sont devenus amis. Au début, ils avaient peur et puis ils sont devenus amis. C'est souvent comme ça quand on ne connaît pas les gens, au début on a peur, mais après... J'ai dû lire trop vite, je ne sais pas, ils s'amusaient si bien tous les deux, et voilà qu'un point blanc est apparu à l'horizon. Je suis sûre que c'est un bateau.

Oui, voilà, c'est un voilier, j'en étais sûre ! J'arrête.

Chapitre 21
MADO

J'étais dans le vieux fauteuil devant mon jardin à réfléchir quand ils ont crié tous en chœur : « Merci Mado ! »

Je n'en croyais pas mes oreilles. Je suis restée sans bouger comme une idiote, tout assommée de bonheur. Ça me coulait dans les veines comme un plaisir interdit. Si on m'avait dit que la vie me réservait encore des émotions pareilles, non, je n'aurais pas pu le croire.

Je ne veux pas que ça s'arrête. Oh c'est puéril, je sais, mais je m'en fiche. On dit que les vieux retombent en enfance, c'est peut-être ça. Non, ce n'est pas ça, je ne tombe pas, au contraire.

Sako, c'est le fil d'or qui me retient à la vie.

Je voudrais pouvoir lui donner tout ce que j'ai, lui être utile à quelque chose, je voudrais... au moins, elle saura faire des crêpes, et les confitures, et les collages, elle pourra l'apprendre à ses enfants. Tiens, je vais lui donner mes livres, tous mes livres. Mais comment fera-t-elle pour les transporter ? Ce n'est pas facile, quand on est tout le temps en train de déménager, d'emporter des choses lourdes. On doit pouvoir empêcher ça. Je pourrais l'adopter. Non, c'est tellement compliqué l'adoption, et ça prend des années, et puis il faut être jeune, et moi je suis périmée déjà. D'ailleurs elle a une mère. Demain, j'irai voir mes voisins, j'irai sonner à toutes les portes. On pourrait, je ne sais pas moi, faire une pétition, une manif ? Comment vient-on à bout de la misère du monde ? Bien sûr on ne peut pas accueillir tout le continent africain, sans compter les Chinois, les Indiens, qui sais-je encore ? Mais on pourrait quand même faire un effort, en accueillir, je ne sais pas, moi, quelques-uns.

Demain je m'en occupe. Ce soir, je suis épuisée. Ça épuise, le bonheur.

Oh, j'aimerais bien être épuisée comme ça tous les jours, jusqu'au dernier !

J'ai dormi comme une masse. Jusqu'au moment où... je ne sais pas quand exactement. Le bruit des pneus crissant sur le gravier a crevé la nuit. Juste après, j'ai entendu des portières claquer et des pas, précipités, lourds.

Le jour n'est pas levé. Je vois les faisceaux des torches. Il y a un fourgon ou deux, je ne suis pas sûre. De ma chambre, à cause de la haie et des arbres, on ne voit presque rien : des rayons lumineux, parfois un visage qui les traverse. Mais on n'a pas besoin d'y voir beaucoup pour comprendre que c'est grave.

Mon cœur refait le yo-yo, mais vers les trente-sixièmes dessous cette fois. Et s'ils allaient les rapatrier en avion tout de suite ou dans un centre je ne sais où. Si j'allais ne jamais revoir ma Sako ?

Je me mets à prier, c'est idiot, mais c'est plus fort que moi, je prie pour Sako, ma petite Sako, mon Dieu, je prie pour qu'ils ne l'emmènent pas.

On entend des cris. Des cris d'adultes, des cris d'enfants, et des coups, mon Dieu ! Je prie pour qu'ils ne la frappent pas. J'entends crier dans des langues africaines ou russes que je ne comprends pas, mais assez pour savoir que ce sont des mots de colère ou des prières. Des enfants se mettent à pleurer bruyamment, je me bouche les oreilles. Qu'est-ce que je peux faire ?

« Mon Dieu, si vous me l'enlevez, alors tuez-moi, tuez-moi ! »

Ça ne dure pas longtemps je crois, mais ça semble interminable, le temps d'espérer encore que c'est un rêve, un cauchemar.

J'entends les portières claquer, les fourgons démarrer, ni vus ni connus, l'horizon rosit à peine.

Je vois les feux arrière filer vers le centre commercial, le dépasser. Alors j'enfile ma robe de chambre et je descends dans le jardin, trop vite. Je manque de tomber dans l'escalier, je me rattrape de justesse à la rampe. Mon cœur tressaute dans ma poitrine. Peut-être est-ce Dieu qui accède à ma prière. Non, je ne meurs pas.

Il faut que j'en aie le cœur net, si elle n'est plus là, je suis d'accord pour la crise cardiaque de toute façon.

Chapitre 22
SAKO

Cette nuit, j'ai rêvé que Robinson, Vendredi et moi, on démolissait le mur d'Amérique et avec les morceaux, on fabriquait un pont. Les gens nous applaudissaient et tout le monde s'y mettait.

Après, j'ai eu l'impression qu'on me chatouillait les doigts de pied et ça m'a réveillée.

Je vois mon arrière-grand-père murmurer des paroles magiques au-dessus de la tête de ma mère. Soudain, il s'arrête et ses yeux plongent dans les miens pour me demander de partir tout de suite.

« Tout de suite, tout de suite, tout de suite ! »

Et il disparaît.

Ma mère se dresse brusquement sur le lit et on entend le bruit de la porte coulissante des fourgons.

Quelques secondes et hop ! on se glisse dehors, vite vite ! On rampe dans l'herbe le long de la haie de Mado. On entend les petits Algériens qui pleurent et leur mère qui supplie qu'on les laisse tranquilles. Elle est si émue qu'elle mélange tous les mots français pour le dire. Mais ça ne servirait à rien qu'ils soient dans l'ordre de toute façon. Ils n'écoutent pas, ils ne sont pas venus pour ça.

Moi j'ai honte de me sauver toute seule avec ma mère, de ne pas pouvoir les sauver tous. Mais comment on pourrait ? Mon arrière-grand-père ne les a pas prévenus et Mado, elle dirait quoi en voyant débarquer tout le monde comme ça dans son jardin ? Elle ne dirait peut-être rien, Mado, mais eux, ceux qui nous cherchent, ils viendraient dans le jardin et ils piétineraient les fraisiers et les coquelicots. Bila ne veut pas se laisser faire. D'abord il essaye de se battre, ce qui n'arrange rien, et puis il se met à pleurer parce qu'il n'est encore qu'un enfant. Moi aussi j'aurais pleuré à sa place et même, j'ai envie de pleurer, à la mienne. Je ne veux pas l'entendre, je me bouche les oreilles.

« Quand je serai grande, je serai médecin, je serai présidente, je serai tout, je ne laisserai plus jamais faire une chose pareille, je casserai tous les murs et je montrerai aux hommes qu'ils sont frères ! »

Je prie Faro et Bemba d'aider Bila et ses parents, d'aider tous les autres. Qu'est-ce que je peux faire moi ? Qu'est-ce que je peux faire ?

Je connais bien le jardin de Mado. On se faufile jusqu'au trou dans la haie. On rampe jusqu'aux framboisiers. Là, bien allongées derrière, on arrête de respirer en attendant qu'ils s'en aillent.

Ils sont partis et je n'ose toujours pas bouger. J'ai peur qu'ils aient laissé des policiers qui eux aussi auraient arrêté de respirer pour nous surprendre.

— Un policier, ce n'est pas si malin que ça, chuchote ma mère.

Mais quand même, elle n'est pas sûre. On se remet à respirer tout doucement, mais on ne bouge pas un cil et d'un seul coup, je pense à mon livre dans la caravane.

Les fourgons de police, c'était comme un bateau qui serait venu chercher Robinson pour le ramener chez lui, et moi, si j'étais Robinson, je n'aurais pas envie qu'on me ramène chez moi. Et si c'était Vendredi qui partait ? Juste après, je me souviens du mot. Ce n'est pas antécédent, c'est ascendant. C'est ça qu'il faut avoir pour les papiers français. Et nous, on n'en a pas.

Chapitre 23
MADO

Quand j'ai vu le campement dévasté et toutes ces choses éparpillées dans l'herbe, une valise, une poupée, des assiettes, des papiers dispersés, comme par une vraie tempête, mon Dieu ! j'ai d'abord cru que tout était fini. Je me suis sentie désertée.

Et puis j'ai entendu la petite voix acidulée de ma Sako murmurer « Mado » et mon sang a recommencé à circuler.

« Merci mon Dieu, merci merci, je ne sais pas si vous existez, mais si c'est vous qui l'avez fait, merci ! »

Elle était là, derrière les framboisiers avec sa belle peau que les premiers rayons du soleil cuivraient. Elle n'était pas seule.

Je me suis sentie merveilleusement calme, exaucée.

Sa mère a mis un doigt inquiet sur ses lèvres. Elle voulait être sûre que le danger s'était éloigné. J'ai scruté les alentours, mais il n'y avait plus personne. Il était tôt. Quelques voisins avaient bien ouvert leurs volets mais ils s'étaient recouchés après le départ des fourgons en se disant, peut-être, bon débarras.

La chambre de Patrice sera pour Sako, la chambre d'ami pour Niouma, et qui vivra verra.

On a préparé le petit-déjeuner : du lait parfumé à la fleur d'oranger pour Sako, du café pour Niouma, et des tartines à la confiture de framboises pour toutes les trois. On a mangé en silence, comme des échappées belles. Jamais une tartine à la confiture de framboises ne m'avait semblé aussi bonne.

— *Initié*, dit soudain Niouma.

Je ne connais pas le malien mais je souris comme si je comprenais.

— Ça veut dire « merci » en malien(1), traduit Sako.

1- Plus précisément en bambara, qui est la langue officielle du Mali, mais il en existe plusieurs autres.

Ce matin, j'ai l'impression que je peux tout comprendre, que le monde est neuf.

Comme quand Robinson regarde enfin vraiment Vendredi.

Ce matin, on est dans le présent parfait. Sako me sourit à travers sa tartine et ça suffit.

L'avenir, on a le temps d'y penser. À vrai dire, j'y ai pensé un peu en faisant passer le café. Aller à la mairie, se renseigner mine de rien, en parler au curé de la paroisse, à cette vieille chipie de fleuriste dont le fils est avocat. Je me battrai. Et si ça tourne mal, je me battrai encore. Je ferai un rempart de mon corps. Peut-être qu'ils n'oseront pas frapper une vieille femme qui a des papiers en règle ? Peut-être que ce sera dur, mais ça vaut le coup d'essayer. Et s'ils l'emmènent malgré tout, j'irai la chercher. Au bout du monde. Avec mes économies, avec ce petit pactole qui dort et que Patrice n'aura pas.

Ça me fait rire à l'intérieur d'imaginer sa surprise : « Comment ? Tout dépensé ? Pour aller où ? En Afrique ! Dis-moi que je rêve. »

— Tu sais Mado, en réalité Vendredi, il ne s'appelait pas Vendredi.

— Non, bien sûr. Comment crois-tu qu'il s'appelait alors ?

— Il s'appelait peut-être Bemba, ou Youssouf, ou Tieko.

— Oui. Ou Tchang, ou Lune d'Automne, dis-je, prise à son jeu.

— Ou Jerzy ou Androuj.

— Ou... « l'Autre » ?

— Non ! Pas « l'Autre ». Ce n'est pas un nom, il a forcément un nom.

— Vendredi, ce n'est pas si mal.

— Ah non ! Pas Vendredi, ni Jeudi, ni Dimanche, c'est nul !

Niouma sourit, fière de sa fille. Je comprends à son regard farouche — si semblable à celui de Sako — qu'il ne sera pas facile d'apprivoiser cette femme blessée et qu'elle se méfie de moi. Sans doute, à sa place, en aurais-je fait autant. Certains êtres ont tant souffert qu'on se demande par quel bout les prendre. On ose à peine.

Pourvu qu'on nous laisse le temps de nous connaître... Il y a tant d'amour en moi désormais. Et Sako soudain s'illumine en pointant la fenêtre du jardin.

— Tu vois, je te l'avais bien dit qu'il fallait lui laisser sa chance !

Le géranium que j'avais mille fois voulu jeter fleurissait dans sa jardinière.

Le panthéon bambara

Au Mali cohabitent plusieurs peuples, les Bambaras, les Dogons, les Peuls, les Soninkés...

L'héroïne du roman étant d'origine bambara, je donne ici pour une meilleure compréhension un bref aperçu de la mythologie bambara, sachant que les Bambaras d'aujourd'hui sont aussi maliens, et qu'une grande majorité d'entre eux sont musulmans et donc, prient plus souvent Allah que Farô ou Bemba.

À l'origine de l'univers bambara, il y avait Dieu (c'est-à-dire Allah). Quand il a eu fini de créer les sept cieux et les sept terres, il a créé le premier couple de jumeaux : Téliko, aussi appelé Kéni, et Nyakalen, aussi appelée Mousso Koroni. Ils sont roux comme le soleil, et beaux, d'une beauté surhumaine. Dieu leur dit de régner sur les créatures de la Terre. Il leur apprend comment faire et leur explique la raison pour laquelle il a créé l'univers et tout ce qu'il contient : cette raison, c'est l'amour.

Mais Mousso Koroni demande à Dieu quelle est sa préférence parmi toutes les choses qu'il a créées. Dieu ne répond pas. Elle espérait sans doute qu'il dirait : « C'est toi. » Elle est donc en colère et saute dans le vide après avoir entraîné avec elle son jumeau. Ils tombent sur Terre.

Ils pensent qu'ils n'ont pas besoin de Dieu et commencent par révéler aux humains tous les secrets que celui-ci leur avait demandé de garder. Puis, ils font l'amour ensemble et aussi avec toutes sortes d'animaux et même, dit-on, avec des végétaux et des minéraux. En vieillissant, ils perdent leurs dents, deviennent très laids et, pour le cacher, portent des masques.

Enfin, ils meurent, noyés dans les eaux du Déluge et dévorés par les poissons carnivores.

Depuis, pour les Bambaras, tout ce qui est mauvais sur Terre provient de l'héritage de Mousso Koroni et de Kéni. Il y a encore aujourd'hui des célébrations religieuses comme celle du Koré, où Mousso Koroni est représentée par des masques de singes qui font toutes sortes de grimaces et de farces.

Dieu, évidemment, ne s'en est pas tenu là. Devant cet échec, il décide de créer un nouveau couple de jumeaux, Farô et Bemba, incarnations de l'homme idéal. Ils sont noirs.

Dieu les envoie sur Terre dans une arche avec les germes des plantes et des êtres futurs.

Ces renseignements proviennent de « *Les dieux et les hommes : permanence du sacré dans les arts bambara* », un article de Youssouf Tata Cissé, chargé de recherches au CNRS et enseignant à l'université de Paris-Sorbonne, dans Arts d'Afrique, sous la direction de Christiane Falgayrettes-Leveau, Musée Dapper, Gallimard (2000).

GLOSSAIRE

Agouti : sorte de gros lièvre à grandes pattes et à oreilles courtes.

Froufrous : galettes de mil ou de haricots.

Griot : conteur professionnel qui chante la mémoire des ancètres.

Androuj : orthographe correct : Andrzej, qui est un prénom polonais et se prononce comme Sako le prononce.

Kayes : petite ville du Mali.

Koré : instrument de musique à cordes.

Mousso Koroni : Mousso Koroni appartient à la mythologie malienne. Voir en fin de texte.

Tô : plat traditionnel malien à base de farine de sorgho ou de mil.

Remerciements

Je remercie de tout cœur Tiekoro Cissé pour les renseignements qu'il m'a fournis sur la culture malienne.

Du même auteur aux éditions OSKAR

Dans l'enfer de Bagdad
Thomas, un jeune Américain s'engage volontairement dans l'armée et part en Iraq pour que Barbara, la fille dont il est amoureux, le voit comme un héros. Selim, jeune iraquien qui vit à Bagdad, aime Leïla et veut l'épouser quand le conflit sera fini. Un soir de massacre,Thomas et Selim se rencontrent et sympathisent malgré leurs différences...
Thèmes : Guerre en Irak, violences, amitié, amour.
Collection : OSKAR Poche

Sélection de titres publiés chez Oskar jeunesse

Pour plus d'information, consultez notre site :
www.oskarediteur.com

Bertin Roselyne
Lettres à Cécile
Paul rentre en 6e. Chaque jour, Paul écrit à Cécile, sa grande sœur adorée, partie faire ses études. De longues lettres dans lesquelles il raconte sa vie quotidienne au collège, ses sentiments, ses espoirs. Sa peur aussi que Cécile retombe malade. Que tout recommence, l'hôpital, la souffrance. Atteinte d'une leucémie, Cécile fait une rechute…
Thèmes : relations frère/sœur, maladie, leucémie, solidarité
Collection : Roman Junior

Cadier Florence
Le poids d'un rêve
Liane, 12 ans, a déjà derrière elle, une longue carrière de mannequin pour jeunes… Mais cet été, pas de séances photos sur les plages ensoleillées : le corps de Liane s'est transformé, elle a quelques kilos en trop et de vilains boutons d'acné sont apparus. Aucun photographe ne l'a contactée. Liane est désespérée et son poids devient une obsession…
Thèmes : adolescence, anorexie
Collection : Roman Junior

Delafraye Emmanuelle
La grotte
Marine se sent seule, différente des autres. À la maison, ses parents ne savent plus comment lui parler. Quand la vie est trop dure, Marine part s'isoler dans une petite grotte qu'elle a découverte. Là, elle s'échappe et rêve. Mais un événement survient au collège qui bouleverse ce quotidien…
Thèmes : Adolescence, mal-être, culpabilité
Collection : Roman Junior

Delamarre Bellégo Véronique
SOS Ange gardien
Kévin traverse une mauvaise passe. Comment les choses pourraient-elles s'arranger ? Il y aurait bien un moyen : appeler très fort son ange gardien et le supplier de voler à son secours. Encore faudrait-il que les anges existent…
Thèmes : adolescence, difficultés familiales, espoir
Collection : Roman Junior

Ferroul Pascale
Un ange passe et ricane
Grégoire part vivre en Californie avec sa famille. Pour échapper à un quotidien qui l'étouffe, l'adolescent se laisse happer par la télévision : il vit au rythme des saisons de sa série préférée. Il préfère la fiction à une réalité plus sombre : son frère jumeau est handicapé…
Thèmes : mal-être, emprise de la télévision, handicap
Collection : Roman Junior

Goislard Julie
Viva Las Vegas
Monsieur Jacky, Elvis et moi
Elvis Presley est un mythe ? Peut-être pas pour Solange, « peste » de 14 ans, un peu perdue entre une mère qui reprend ses études et un père la tête dans les nuages… Pouvait-elle se douter que, grâce à une rencontre inattendue, le King allait chambouler sa vie et lui faire prendre conscience, qu'elle aussi, a un cœur qui bat ?
Thèmes : adolescence, premiers émois, quête d'identité, amitié
Collection : Roman Junior

Grard Françoise
Graine d'ortie
Marion partage avec sa cousine Hortense un petit appartement à Paris et découvre les charmes et les contraintes de la colocation. Le déracinement, sa nouvelle condition d'étudiante, et la fascination qu'exerce sur elle un couple de voisins se conjuguent pour pousser la jeune fille sur une pente dangereuse. Vulnérable et violente, orgueilleuse et complexée, Marion se brûle à la vie. Heureusement, une voix s'élève pour lui porter secours, celle de Pierre son ami de toujours.
Thèmes : amitié, passage à l'âge adulte, difficultés à affronter la vie
Collection : Roman Junior

Hinckel Florence
À toi
Chloé n'a qu'un refuge : son journal, dans lequel elle raconte ses rêves, son quotidien pas toujours facile. S'adressant à Anne Franck, Chloé écrit contre l'oubli, contre les souffrances qui traversent le monde. À travers les mots, Chloé retrouve le bonheur de vivre.
Thèmes : Adolescence, journal intime, mal-être
Collection : Roman Junior

Jaoui Sylvaine
L'amour @ la poubelle
Alix, 13 ans, s'apprête à fêter Noël en famille. Sa vie à la maison ne l'enchante guère, mais une découverte va rompre son ennui quotidien : un paquet de feuilles jetées au milieu des détritus. Elle a entre les mains un échange d'emails entre sa voisine, étudiante de 18 ans en Lettres et une certaine Thelma…
Thèmes : Internet, correspondance, adolescence, premiers émois.
Collection : OSKAR Poche

Le Gendre Nathalie
Graff'in love
Bastien, après un stupide accident de skate, voit s'écrouler son rêve de danseur de Hip Hop. Depuis, il danse sur les murs, une bombe de peinture à la main. Nina vit dans un cocon doré, mais sans amour. Ses rêves de danseuse se sont écroulés avant

même qu'ils n'enflent. Aussi, lorsque les deux adolescents se rencontrent, leur art prend tout son sens. Ensemble, ils vont mêler leur souffle et leur cœur pour s'engager dans la voie de leur destinée…
Thèmes : Hip-Hop, peinture, adolescence, amour
Collection : Roman Junior

Méliade Stéphane
Je reviens de loin
Octobre 2005. Cassandre, Silène et Salomé sortent du collège et vont prendre le bus. Elles ne savent pas encore que cette journée va changer leurs vies. Avril 2010. Marie saute du pont d'une péniche et Cygne la repêche. Mais qui est Marie ? Elle semble connaître Cygne depuis toujours et en savoir beaucoup sur ce qui s'est passé 5 ans plus tôt...
Thèmes : décès, travail de deuil, danse, amitié
Collection : Roman Junior

Senger Geneviève
Regarde-moi !
De retour de vacances, Clara découvre qu'elle a pris trois kilos. S'ensuit une descente aux enfers : la jeune fille, qui n'accepte plus son corps, se met en danger. Elle recherche la perfection et frôle l'anorexie. Mais de mystérieuses lettres vont lui donner envie de renouer avec son image…
Thèmes : anorexie, adolescence
Collection : Roman Junior

Arthur Ténor
La tempête
Aujourd'hui, Jérémy et Maxime ne traînent pas en revenant de l'école : la terrible tempête annoncée se lève déjà, et promet d'être pire que la « tempête du siècle » de 1999, qui avait dévasté le pays. Mais soudain, Jérémy se souvient de Prosper, ce vieil homme qui vit seul dans la forêt, dans une simple cabane de bois : il faut le prévenir du danger ! Les deux amis enfourchent aussitôt leurs vélos, bien décidés à lui porter secours, même s'il faut pour cela braver l'ouragan qui approche…
Thèmes : amitié, relations intergénérationnelles, solidarité
Collection : OSKAR Poche

Vanneau Anne-Zoé
Mon père est un baobab
Zelda a 17 ans quand elle apprend que son père vient de mourir subitement, sur l'île de Madagascar. Pour surmonter son chagrin et apprivoiser la douleur qui la tenaille, elle décide d'écrire…
Thèmes : décès du père, travail de deuil
Collection : Roman Junior

Vidal Severine
Plus jamais petite
Lucie attend devant la porte de la maison d'arrêt. Elle doit se confronter à son père. Ce père qui n'est plus un père. Ce père qui n'est plus rien pour elle. Bientôt, elle sera libérée de son enfance et de tous ses souvenirs douloureux.
Thèmes : inceste, relations père-fille, prison
Collection : Roman Junior

Comme une plume
Bestiole, 14 ans, tient son journal intime. Elle y raconte, avec ses mots et un humour bien à elle, sa vie, ses parents divorcés, son amour pour Ismaël et surtout son amitié avec Rose. Cette dernière souffre d'anorexie. À l'aide de macarons « guérisseurs », Bestiole et Ismaël vont aider leur amie à retrouver le sourire...
Thèmes : maladie, anorexie, amitié
Collection : Roman Junior

Publié par Oskar éditeur
21, avenue de La Motte–Picquet
75007 Paris - France
Tél. : +33 (0)1 47 05 58 92 / Fax. : + 33 (0)1 44 18 06 41
E–mail : oskar@oskarediteur.com
Site Internet : www.oskarediteur.com

Auteur : Martine Pouchain
Illustration de couverture : Thomas Baas
Conception graphique et direction artistique : Jean-François Saada
Mise en page intérieure : David Lanzmann
Direction éditoriale : Françoise Hessel

ISBN : 978-23500-0715-1
Dépôt légal : mai 2011
Imprimé en Europe
Loi n° 49–956 du 16 juillet 1949
sur les publications destinées à la jeunesse